本を旅する

まえがき

いまは六十五歳まで勤め続けるのが当たり前になった。人によってはもっと、その先の先まで。とはいえ、六十歳、還暦が人生の大きな区切りであることに変わりはない。六十歳前と六十歳後ではやはり違う。

六十歳後をどう生きるか、いくつまで勤め、勤めを終えたあと何をして暮らすのか、それぞれの選択に任される時代になった。昔の人からすればまさに夢の長寿社会が実現したが、心と体のバランスを保ちながら長き老後を生きるのは、案外難しいことのように思う。

私は平成三十年、二〇一八年の九月に六十歳の定年を迎えた。定年前は、松本に本社のある地方紙・市民タイムスの要職に就いていた。定年を機にその職から解放され、「特別編集委員」となった。これは新聞社特有の言い回しというかポジションで、得意の分野を生かして書くベテラン一記者のことである。したがって自分の書いた記事だけ責任を負っていればよくなり、肩に食い込んでいたさまざまな重荷をようやく下ろすことができた。ただし、日々のコラムは引き続き週五日書かねばならず、月曜日付に一ページ使って始めていた「さらば平成」と題する、各界の人を訪ねて一編の人生物語にまとめる連載もあった。

長きにわたって、面白かったとはいえ記者・編集委員の多忙な仕事をこなし、不規則で不摂生な生活を続けた。また、三十二歳で市民タイムスに移ってからは、自宅のある伊那谷から峠を越えて松本まで毎日通った。大きな病気もけがもせずにやって来られたのが不思議なくらいである。

疲労の蓄積した体をいたわりつつ、コラム執筆等の仕事を続けながら、空いた時間で何ができるのか考えて、ふと頭に浮かんだのが書物再読であった。

私は高校二年まで典型的な野球少年だったが、足にけがをして野球が続けられなくなったとき、自分はいかに生きるべきかという、大げさな表現をすると、哲学的疑問に取りつかれて本を求めた。そこから文学少年に変貌し、大学も文学部に進み、新聞記者の職を得て、一度離れたものの再び記者に戻ってついには定年に至った。自分の力はすべて出し切ったので悔いはなく、山頂に登り詰めて、その歩いてきた道のり、遙かなる山並みを風に吹かれて眺めている気分だった。

思えば、十七歳のときから本は常に私の傍らにあり、連載やコラムを書くにも本がなければ書けず、いつしか書物に囲まれ、書物とともに過ごした。それらの中から思い出に残る本、感動した本、生きる指針にした本（作家）を選び、再読して、現地にも足を運んで、文学紀行にまとめてみようと考えた。幸い、当時買った文庫などが書棚に保管されている。だいぶ色あせてしまったが、読み返せないことはない。そのころを懐かしく思い出すにちがいないし、新たな感動、発見もありそうである。

ノンフィクション作家の柳田邦男さんがこう記していた。書物再読とは「普段は忘れている地下に広がる根、人生の幹や枝葉に暴風や日照りにも耐える力を与えてくれる地下の根っこを、もう一度視画像として映し出して確かめる作業であって、それは精神性こそ重要になってくる人生の後半の生き方の道筋につながる自分の心の成長の歴程を自己分析する作業そのものなのだ」と。(『もう一度読みたかった本』平凡社)

あまりに忙しかったゆえ、これまでの仕事人生ではかなわなかった、暮らしを深く味わうということにおいても、再読は意味があるのではないか。

本を再び旅してみよう。喫茶店でおいしいコーヒーを飲みながら、その本の舞台や作家ゆかりの地を、一人訪ね歩きながら――。

目次

まえがき
本州最北端での〝平和〟……太宰　治　9
すべては小倉から始まった……松本清張　31
何もないところへ来てしまった……三島由紀夫　51
冬の日本海は寂しい……水上　勉　73
高度経済成長とは何だったのか……佐野眞一　95
旅とは神の声に応じること……森本哲郎　137
過ぎし世のぬくもりと哀感……藤沢周平　161
硬質で透明な悲しみ……宮沢賢治　195
自然を離れて人間はどこへ行く……梅原　猛　219
彼女は始め童謡歌手だった……小沢さとし　241
人生一度の喜びはある……はまみつを　257
ふるさとの高き美しき山で……新田次郎　271
あとがき

太宰　治

本州最北端での〝平和〟

『津　軽』

出典・平成元年三月刊　新潮文庫

定年後の生き方の一つというか、愉しみの一つとして、一人旅をしたいと思っていた。気ままに列車を乗り継いで、泊まる場所も旅館も決めない、行き当たりばったりの旅。とはいえ、訪ねてみたい土地はあるので、そこに向かう。この『本を旅する』にそれを重ね合わせれば、旅はいっそう愉しくなると思って、平成三十一（二〇一九）年二月、津軽を目指した。津軽は言わずと知れた太宰治の生まれた地である。

太宰は私にとって忘れようにも忘れられない作家で、わが文学の道行き、それはまことにささやかなものではあるが、出発点に位置する人であった。太宰文学に出会わなければ、おそらく私は新聞記者になっていないし、文学の「ぶ」の字も知らない人間になっていたかもしれない。

高校二年の秋、放課後、伊那市の既存商店街（通り町）に書店に足を運び、書棚で偶然手にしたのが太宰治（一九〇九〜一九四八）の『晩年』（角川文庫）だった。いきなり「死のうと思っていた」で始まる文章にびっくり仰天した。お年玉としてもらった着物が夏用だったことから、「夏まで生きていようと思った」とも書かれていた。この作家は本当にそう思ってこれをつづったにちがいないと感じ、次に巻末の年譜を開くと、とんでもない人生を送った人だとわかった。「うーん、処女小説集の題名が『晩年』で、代表作が『人間失格』か。まいったなあ」

私はこの『晩年』（二百六十円）を購入し、むさぼるように読み、一冊読み終えるとまた一冊と、次々太宰を読んでいった。乾ききった砂地に水が吸い込まれるような、そんな感覚を味わいつつ「わかる、わかる」「それにしてもひどい人だなあ。太宰に比べると自分はまだましな人間のようだ」などとつぶやいていた。

太宰治は一筋縄ではいかない作家であり、「欺瞞《ぎまん》の人」と言ってもいい、とわかったのはずっと後年、大人になってからで、当時はすっかり信じ、魅了され、その言葉の一つ一つが体に染み渡り、血流のように巡ったのであった。

太宰は女と心中事件を起こしては生き残り、恥をさらけ出すように作品化し、見合い結婚後、三人の子どもをもうけ、落ち着いたかと思いきや、愛人に子どもを生ませ、別の女と四十歳にもならないうちに情死してしまった。

作家は〝時代の子〟であるから、その人が生きた時代を背景に置くとき、作品と人生が浮かび上がってくる。芥川龍之介しかり、三島由紀夫しかり、松本清張しかり、司馬遼太郎しかり。だが、太宰は必ずしもそうではなく、ちょっと計り知れない。太宰は昭和の暗黒期、混乱期を生きた。にもかかわらず戦争に加担したということはなく、敗戦による傷、価値観の大転換の影響などもあまり感じさせない。

太宰はそのイメージとは違って長身で頑丈、用心深くて打算的なところが多分にあった。自分を弱者に見せる戦術にもたけていた。酒浸りの自堕落な生活を続けたわけでもなく、酒はめっぽう強くていくら飲んでも乱れず、歌ひとつ歌わず、人にからむこともなく、何と言うかまじめに飲んだ。作品も推敲に推敲を重ねて書いたとされている。

そんな太宰作品の中で、私が一番好きなのは『津軽』である。「或《あ》るとしの春、私は、生れてはじめて本州北端、津軽半島を凡《およ》そ三週間ほどかかって一周したのであるが」で始まる、昭和十九（一九四四）年、太宰三十四歳のときの作。ある書店の依頼を受けて故郷の津軽を旅し、小説風に書き上げた長編で、当時の「津軽風土記」の意味合いもある。文芸評論家の亀井勝一郎は「彼の生涯の中でもおそらく最も思い出多い旅であったろう。（中略）『斜陽』『人間失格』が最も有名だが、彼の本質を一番よくあらわしているのは『津軽』である。私は全作品の中から何か一篇だけ選べと云《い》われるなら、この作品を挙げたい」と推している。

（新潮文庫『津軽』の解説）

哲学者の梅原猛も、「数ある太宰の作品の中でも、『津軽』は特に私の好きな作品である。それは数々の破廉恥《はれんち》な行状によって、故郷の実家から義絶された蕩児《とうじ》太宰が、故郷に帰る物語である」とし、『津軽』の感動的なラストについて「太宰の文学にはあまり表面にあらわれてこない人間と人間とのあいだの純粋な愛情の交歓シーンがある。私は幾度か、この部分を読んで涙を流した」と述べる。梅原らしいのは、これに続けて「いま読みかえしても、熱いものが私の胸にこみあげてくるけれど、これはすべて太宰のフィクションではないかと思う」と、その理由を論じていることだ。（『日本の深層　縄文・蝦夷文化を探る』佼成出版社）

太宰は五月十三日、上野から夜行列車で青森に着き、T君に出迎えられ、バスで青森湾沿いの蟹田《かにた》に向かう。このT君は病院の検査技師で、かつて太宰生家の金木の津島家で働いていた。そして旅の相棒N君は、蟹田で精米業を営む町会議員、青森中学以来の親友。蟹田のSさんは病院の事務長で、疾風怒濤《しっぷうどとう》のもてなしにより太宰を苦笑させる。主にこの人たちが登場する。

『津軽』のヤマ場の一つは、太宰とN君が津軽半島の突端の龍飛《たっぴ》岬に風雨の中を二時間も歩いてたどり着く場面。

もう少しだ。私たちは腰を曲げて烈風に抗し、小走りに走るようにして竜飛に向かって突進した。路がいよいよ狭くなったと思っているうちに、不意に、鶏小屋に頭を突込んだ。一瞬、私は何が何やら、わけがわからなかった。

「竜飛だ」とN君が、変わった調子で言った。

「ここが？」落ちついて見廻すと、鶏小屋と感じたのが、すなわち竜飛の部落なのである。


続けて太宰は龍飛をこう表現している。「ここは本州の極地である。この部落を過ぎて路は無い。あとは海にころげ落ちるばかりだ。（中略）ここは、本州の袋小路だ」

太宰はやっかいな作家ではある

私自身は今回の旅では龍飛まで行っていないが、平成十六（二〇〇四）年の夏にレンタカーで津軽を旅した際、岬の突端に立って津軽海峡を眺めている。快晴に恵まれ、海峡の向こうに北海道の山並みを望むことができた。阿久悠が作詞し、石川さゆりが歌って大ヒットした昭和歌謡の名曲「津軽海峡・冬景色」の歌碑が建っていて、近づくといきなりその歌が流れ出してびっくりしたのを覚えている。歌が発売された昭和五十二（一九七七）年当時は、まだ青函トンネルは開通しておらず、旅行者は歌のとおり上野発の夜行列車か特急で青森に着き、青函連絡船で北海道に渡るのが一般的だった。

太宰とN君は龍飛の旅館に宿泊し、酒を楽しく飲んで寝る。この旅館は二十年ほど前まで営業していたというが、現在は町営の「龍飛岬観光案内所　龍飛館」となって、公開されている。太宰は翌朝、寝床の中で童女の歌声を聞く。風雨はすっかり収まり、部屋には朝日が差し込んでいた。

「せっせっせ／夏もちかづく／八十八夜／野にも山にも――」の歌声が路地から聞こえてきた。太宰は胸がいっぱいになった。「中央の人たちに蝦夷《えぞ》の土地と思い込まれて軽蔑されている本州の北端で、このような美しい発音の爽やかな歌を聞こうとは思わなかった」のだ。「希望に満ちた曙光に似たものを、その可憐な童女の歌声に感じて、私はたまらない気持であった」

太宰の生涯は、津軽の大地主で名だたる旧家である「津島家」との闘いでもあって、それが「二十代に於《お》いて肉親たちへのつらよごしの行為をさまざまして来た」（津軽通信「庭」）ことにつながったというか、行為に表れたのだが、津軽の旅の途次、しかも龍飛の先端で思いがけず童女の澄んだ美しい歌声を聞き、それまでの自分の汚《けが》れの数々が洗い流されるような、泣きたいような感じがしたのである。太宰自身がそれを素直に受け入れられる心情にこのときあったのだろう。

わかるような気がする。人は太宰ほどでなくても生きるなかで、周りの誰かを踏み台にしたり、傷つけたり、見て見ぬふりをしたり、自分かわいさにいろいろしでかしてきて、いちいち覚えているとやってゆけないので、ふだんは忘れている。底の底のほうに押し込めている。しかし、どこかにそうした罪の意識はあって、何かの折に思い出し、ああ、あのときはすまないことをした、恥ずかしいことをしたと反省する。詫《わ》びることによって、心が安まり、次の人生に歩み出せる。

法律上の罪は犯さなくても、人はみな罪深いもの。善人ぶって生きているが、本当はそうではあるまい。太宰自身よく心得ていて、多くの作品の主人公のせりふ、告白でそれをあばいて見せている。

「恥の多い生涯を送って来ました」(『人間失格』)

太宰治の生家は和洋折衷の大邸宅。現在は国重文「斜陽館」として公開されている(青森県五所川原市金木)

「父は、大皿に盛られた桜桃を、極めてまずそうに食べては種を吐き、（中略）そうして心の中で虚勢みたいに呟《つぶや》く言葉は、子供より親が大事」（『桜桃』）

「どうせ露見する事なのに、一日でも一刻でも永く平和を持続させたくて、人を驚愕《きょうがく》させるのが何としても恐ろしくて、私は懸命に其《そ》の場かぎりの嘘をつくのである」（『東京八景』）

「人間は、みな、同じものだ。なんという卑屈な言葉であろう。（中略）へへ、いくら気取ったって、同じ人間じゃねえか」（『斜陽』）

太宰の主たる作品は、どこを開いてもこうした言葉であふれ、読む者を自分もそうだとうなずかせ、救いの手を差し伸べる。「好きにしろ嫌いにしろ、肯定するにせよ否定するにせよ、これから後もながく読む者の魂に、不思議な魔力をもってなまなましくのっぴきならず迫ってくる文学者なのである」と、文芸評論家の奥野健男は評論「太宰治　人と文学」で述べたが、いまなお不思議な魔力を保ち続けているのはまちがいない。

そんななかにあって『津軽』は異なり、かの魔力はないけれど、太宰にも人並みに平穏なときが訪れていたのだと、ほっとさせてくれるのである。

ふるさと抜きに語れない太宰文学

定年後、ようやく〝文学の旅〟に出られると、津軽を目指したのだが、むしろ冬の日本海岸沿いを鉄道で旅してみたいという気持ちが強かった。列車に身を委ねて自分はいま確かに旅をしている、見知らぬ土地に来ている、その風景を眺めている、そう実感したかった。

というのも、四十代の私は自らの新聞に長期連載を立て続けに企画し、「北アルプス山麓幻想行」では北ア山麓をくまなく歩き回ったうえ、常念岳、西穂高岳、槍ヶ岳といった山々を体力にものを言わせて登頂した。次の「臼井吉見の『安曇野』を歩く」では、現在の安曇野市出身の作家・臼井吉見の大河小説『安曇野』（全五巻）の主な舞台と登場人物たちの足跡を訪ねて、全国各地に出かけた。「熊井啓への旅」では、同じく現在の安曇野市出身の映画監督・熊井啓の全十九作品のそれぞれのロケ地に足を延ばすなど、五十歳まで十年間、取材の旅が日常化していたのであった。

ところが五十一歳のとき、社長から毎日の新聞コラム「みすず野」の担当を命じられ、政治、経済、社会、自然、文化、スポーツ、地域など、あらゆる分野で起こる出来事に気を配って、一回四百六十七文字にまとめなければならなくなった。五十代は旅に出る心身のゆとりをなくし、実際、旅らしい旅は全くできずに終わった。旅情が募ったのは、五十代を取り戻せるものなら取り戻したい、との思いにかられたからである。

二月下旬の寒い日、私は太宰治の『津軽』の文庫本と、十年ぶりに刷新した「旅の手帳」、それにカメラ、着替えなどをザックに詰め込んで、地元のJR辰野駅から列車に乗った。まず長野に出て、長野から北陸新幹線で飯山、信越本線で新潟、羽越本線に乗り換えて秋田へ。秋田に着くころには日はとっぷりと暮れて、秋田駅前のホテルで一泊。翌朝、羽越本線と同様に日本海岸沿いを走る五能線で津軽に向かった。

本当は鈍行でコトコト行きたかったのだけれど、一日数本と本数が限られており、時間の関係で観光客用のリゾート列車（全席指定）に乗らざるを得なかった。その列車で能代、深浦と進むうち、このまま終点の五所川原まで快適な旅行をしては意味がないと思い直して、鯵《あじ》ヶ《が》沢《さわ》で途中下車した。ここまで列車は日本海岸沿いを縫うように走り抜け、その打ち寄せる荒波と奇岩の数々を、大きくしつらえた窓から手に取るように眺めることができた。

鯵ヶ沢駅周辺をぶらつき、駅に戻って待合室で列車の時間を待っていると、入れ替わり立ち替わり地元のお年寄りたちが大きな買い物袋を両手にやって来た。長靴姿のおじいさん、ネッカチーフで顔をくるんだおばあさん……。昭和五十年代くらいまで、信州の田舎でもお年寄りのこうした姿は見受けられたと記憶するが、津軽にはまだ残っていた。津軽弁を聞きたくて耳を傾けていた。しかし、お年寄りたちは一様に無口だった。列車を待っているのではなく、駅前に来る路線バスを待っているのだった。

夕方、鈍行で五所川原駅に着き、近くのホテルに宿を取って、翌朝、八階のレストランに上がって朝食を取ろうとすると、津軽を象徴する岩木山（津軽富士）が真っ白く雪をかぶってきれいに望めた。

太宰は津軽富士について、『津軽』でこう書いている。「この旅行で、さまざまの方面からこの津軽富士を眺めたが、弘前から見るといかにも重くどっしりしていて、岩木山はやはり弘前のものかも知れないと思う一方、また津軽平野の金木《かなぎ》、五所川原、木造《きづくり》あたりから眺めた岩木山の端正で華奢《きやしや》な姿も忘れられなかった。西海岸から見た山容は、まるで駄目である。崩れてしまって、もはや美人の面影は無い」と。

五能線の五所川原駅には、津軽鉄道の五所川原駅が隣接しており、私はその津軽鉄道の「ストーブ列車」で、太宰の生家（津島家）のある金木に向かった。ストーブ列車とは、客車内にだるまストーブが据えられ、石炭をくべて暖を取り、車掌が車内売りのスルメを焼いてくれ、地酒とともに味わうことができる津軽の昔ながらの車両である。あえてストーブ列車を選ぶのは、ほとんど観光客で、私が乗った客車は台湾か中国の団体客で占められ、少々やかましかった。

金木駅で下り、駅前の寂れた通りを歩き、太宰生家の太宰治記念館「斜陽館」（国の重要文化財）に。生家は太宰の父が明治四十（一九〇七）年に建てた、一階十一室、二階八室の和洋折衷の大邸宅。戦後、津島家が手放したあと、旅館「斜陽館」として営業されていたが、現在は市営の記念館となっている。私は十五年前の夏、ここを訪ねていたので、今回はそのときのような感動はなかった。

生家にまつわる太宰の思い出やエピソードを記していると、枚数がいくらあっても足りない。「金木の生家では、気疲れがする。また、私は後で、こうして書くからいけないのだ。肉親を書いて、そうしてその原稿を売らなければ生きて行けないという悪い宿業を背負っている男は、神様から、そのふるさとを取りあげられる」。こんな『津軽』の中の一文を紹介するにとどめたい。

太宰の生家に対する感情は複雑で、母危篤の電報を受けて急きょ帰ったとき、『津軽』執筆の際に立ち寄ったとき、翌年七月に家族を伴って疎開したとき、いずれも安らげたためしはなかった。

私は広い生家を一階、二階と見学して回った後、すぐ近くの「太宰治疎開の家」に行ってみた。玄関にショップコーナーが設けられ、数ある品々の中から太宰の『津軽通信』（新潮文庫）と絵はがきを選んで購入する折、立っている男の人に話しかけてみた。「信州から来ました」。すると、男の人はにこやかな表情で、「わざわざ遠くからご苦労さまです」と応え、疎開の家のことを説明してくれた。自分の父がこの家を購入し、いま経営を引き継いでいる。もともと太宰文学が好きだったが、引き継いでから特に太宰の疎開時代を調べるうち、この時代に太宰が未発表の短編をいくつも書いていることを知った、奥の部屋で書いていた、などと話して、部屋を案内してくれた。

別れ際小泊《こどまり》について尋ねると、ここ金木から小泊までは路線バスが通っていて、いまからちょうど最終の行き帰り便に間に合うという。私は急いで生家前のバス停に走り、ほどなくやって来たワンマンバスに乗り、小泊を目指した。

小泊は津軽半島の突端の龍飛岬に近い、本州最北の港町として栄えた町である。私は小泊まで足を延ばさないことには、今回津軽に来た意味はないと思い始めていた。というのも小泊は『津軽』のクライマックスを成す場所であり、太宰自身、昭和十九（一九四四）年五月から六月にかけての津軽旅行の大きな目的は、津軽風土記を書くことに加え、小泊で乳母のたけ（本名・越野タケ）に再会することにあったからだ。たけは津島家に十二歳で奉公に来て、太宰が二〜七歳の間子守りをした後、小泊の越野家に嫁ぎ、太宰が訪ねたときは四十代半ばの子だくさんの母親になっていた。

はるばる小泊へたどり着く

バスは買い物帰りらしい主婦が二、三人乗っているだけで空いていた。シジミ漁が盛んな十三湖を経て、荒涼たる波が打ち寄せる海岸沿いを走ってから、半島の峠を一つ越えて小泊港に入った。この間一時間三十分、「小学校前」のアナウンスに「あっ、ここだ」と慌てふためいて下車を知らせるブザーを押し、下りた。道向かいが小泊小学校（太宰が訪れたときは国民学校）だった。そしてすぐ隣に「小説『津軽』の像記念館」があった。記念館は小学校校庭を見下ろす小さな丘の上に建ち、太宰とたけが並んで座る像が据えられて校庭を見下ろしていた。

私は像を写真に収めようと、ザックからカメラを取り出し、シャッターを切った。ふいに胸にこみ上げてくるものがあった。自分は津軽半島を延々バスに揺られてさかのぼり、ここまで来たのだが、太宰もやはり一人、はるばるたけに会いにバスでここを訪ね、三十年ぶりに顔を合わせると、二人並んで腰を下ろし、不器用ながら限りなく懐かしい、互いの温かい心が通い合う時間を過ごした。太宰にとって人生で最も幸せな、安息に満ちたひとときだったとされる。

私は私で、元々ない力を振り絞って連載やコラムを書き、自分なりの〝山〟を登り切っていまここにいる。どう生きて行けばいいか何も見えず、悩み続けた青春時代のあのころを思えば、よくやって来られた、よくまっとうに勤め上げられたものだ。太宰に慰められ、太宰の言葉にすがっていた十七歳の青臭い高校生が、長い長い山行を経てたどり着いた安息の地が、本州の北の果ての小泊だった。ここに至る道は遠かった、そんな感慨が押し寄せてきたのである。

たけとの再会を太宰は『津軽』で、こんなふうに描いている。ちょうどその日は地区挙げての運動会が盛大に開かれ、校庭に万国旗がはためき、周囲には百近い掛小屋（家々が臨時にこしらえた小屋）が並んでいた。たけの小屋に少女に案内された太宰は、少女が小屋に入ると入れ違いに出てきたたけと鉢合わ

「小説『津軽』の像記念館」の玄関わきに建つ太宰とたけの再会の場面を表した像。仲良く並んでいまも運動場を眺めている（青森県中泊町小泊）

せする。

「修治だ」私は笑って帽子をとった。

「あらあ」それだけだった。笑いもしない。まじめな表情である。(中略)「ここにお坐りになりせい」とたけの傍に坐らせ、たけはそれきり何も言わず、きちんと正座してそのモンペの丸い膝にちゃんと両手を置き、子供たちの走るのを熱心に見ている。けれども、私は何の不満もない。まるで、もう、安心してしまっている。足を投げ出して、ぼんやり運動会を見て、胸中に一つも思う事がなかった。(中略)平和とは、こんな気持の事を言うのであろうか。もし、そうなら、私はこの時、生れてはじめて心の平和を体験したと言ってもよい。

太宰はこのあと、たけの案内で掛小屋の後ろの砂山に上る。たけは太宰を振り返って、「久しぶりだなあ。はじめは、わからなかった。まさか、来てくれるとは思わなかった」と言い、三十年お前に逢いたくて、それればかり考えて暮らしていた、はるばる訪ねて来てくれてうれしいだか、かなしいだかわからない、お前は小さいころは、などと堰を切ったように話し、「子供は?」「男? 女?」と矢継ぎ早に質問した。太宰はたけのそうした無遠慮で強い愛情表現に、自分が金持ちの大地主の家の子どもらしくない「粗野で、がらっぱちのところがある」本質を知らされ、私の母はたけであり、私が忘れ得ないのは、こうした人たちだと書いて、「さらば読者よ、命あらばまた他日。元気で行こう。絶望するな。では、失敬。」で『津軽』を終わらせている。

この最後の表現が、いかにも太宰らしく、ここだけはほかの作品にも共通していて、読んだ者は自分に直接呼びかけられた気になる。泣きたいような気持ちになって、ほかの作家とは違う一対一の親密さがわき起こり、のめり込んでしまうのである。

「私は虚飾を行わなかった」と『津軽』で太宰は記すが、あくまで小説の形を取っているので、たけとの再会の場面や会話も事実そのとおりだったとは言えない。「私生活は私生活、作品は作品、である。太宰の作品は、一見いかに私小説風に見えようとも、事実をそのまま書くことは、決してない」と、弘前生まれの作家・長部日出雄は『桜桃とキリスト　もう一つの太宰治伝』（文春文庫）で言及している。太宰はやはり一筋縄ではいかない作家なのだ。

『津軽』以降、戦後になって太宰は『斜陽』『人間失格』の代表作を残し、昭和二十三（一九四八）年六月十三日深夜、東京三鷹の玉川上水に女と入水を図り、十九日に遺体は発見された。奇しくもその日は三十九歳の誕生日だった。心中の真相についてはさまざまな憶測が流れ、多くの証言が残され、のちに謎に迫る書籍も出版されている。その中の一冊、

『ピカレスク　太宰治伝』（小学館）で、著者の猪瀬直樹さんは太宰だけが、あるいは二人が心中を取りやめていたとして、その後太宰が女とうまく別れたとしても、再び太宰は作品の原動力に「フグの肝《きも》を食し」、いずれは毒にあたった。「時期が早いか、遅いか」に過ぎないと論じている。

太宰の生涯は虚飾に彩られたものだったのかもしれない。太宰は自惚《うぬぼ》れ、自己愛が人一倍強く、自分以外の誰も愛せなかったのかもしれない。最後は不本意にも女に引きずられて死んだのかもしれない。

たとえそうであろうと、小説には読んだ者を引きずり込む、とてつもない魅力、いや魔力があり、若いときにその毒にあたった者は、一生体内に宿してしまうようである。

私は、『津軽』の龍飛岬で太宰が聞いた童女の澄んだ美しい歌声、小泊で乳母たけと再会した会話などのシーンに、彼一流のフィクションがあるとしても、すうっと心が洗われ、いっとき毒が流されて、周りの人を素直に思いやれる人間性を取り戻せる気がする。その意味で『津軽』は、太宰文学の中で異色作と言え、いろいろな人生経験を経たからこそ、年取ってもう一度読み直したい作品だ。

私は「小説『津軽』の像記念館」に入って、太宰と越野タケにまつわる資料や、タケ晩年のインタビュー（ビデオシアター）をじっくり見、職員のおやじさんの津軽弁の話を面白く聴いた。帰りのバスの時間がきた。記念館を後にし、最終便のバスに乗って小泊を離れることで、私の津軽への旅はほぼ終わりを告げた。もう二度と訪れることはないだろう小泊であった。

松本　清張

すべては小倉から始まった

『或る「小倉日記」伝』

出典・平成十年六月刊　新潮文庫

私は松本清張（一九〇九〜一九九二）の特別熱心な読者ではないし、熱中して読んだ時代もない。二十代のころ、記者の仕事に日々追われ、疲れ切って家に帰り着き、ある種のストレス解消で、清張の推理小説を手に取り、代表作を十数冊読んだに過ぎない。したがって清張が私の精神の軌跡に何かしら影響を与えたとは言えない。

にもかかわらず、いま清張が妙に懐かしいのは、作品に昭和という時代が色濃く投影され、その時代背景なくして物語も成し得ないからだろう。

何冊か再読するなか、この人は昭和を代表する大作家であり、比類なき巨匠であり、多少誇張して言うと、昭和が「清張の時代」であったと気づかされる。そのくらい清張の作品は力を持っていた。

清張の視点は戦後の復興と繁栄の光の中にあって、虐げられる人生を生きる〝影の人間〟の側に立つ。その人たちは何とかして光を浴びよう、貧しさから脱しようと、人を踏みにじったり、罪を犯したり、汚職に手を染めたりしてのし上がる。高度経済成長の裏側で、戦争期の狂気と混乱という暗い過去を背負った者たちが必死に生き、社会や体制と闘って、成功を収めるかに見える。だが、最後は犯罪があばかれ、破滅する。これは清張に犯罪の動機はどうあれ、悪は許されるものではない、との信念があったからだと思う。

清張の視点はいまに通じる。長き昭和から引き継がれた平成の三十年間を経て私たちの社会は、一部の富裕層と多くの庶民層に分断され、庶民層は中流から下流に落ちまいとしてもがいている。格差は世襲され、庶民が富裕層に上がるのは、高度経済成長期より難しくなった。

さらに家や地域のつながりが崩壊し、無縁化し、未婚者、独り暮らしの高齢者が増え、孤立感を抱える人がいっぱいいる。中高年のひきこもりの増加はその最たるものだろう。現代の若い人たちには、かつての若者が持っていた底抜けの明るさがない。将来に希望の持てない、報われない、逃れられない社会であることを、彼らはわかってしまっているのだ。いま清張クラスの作家が現れたら、この社会の中で生きる人々や若者たちをどう描き、物語に仕立てるだろうか。

清張の原点は小倉にある

『或《あ》る「小倉日記」伝』の話に入ろう。この短編は、明治の文豪森鷗外が、明治三十二（一八九九）年から三年間、北九州小倉に軍医部長として赴任した時代に書かれた日記の所在が不明であると知った孤独な青年（田上耕作）が、不自由な体をおして鷗外の事跡を調べ歩き、貴重な証言や資料を集めてまとめようとする、実在の人物をモデルにした話だ。

昭和二十七（一九五二）年に発表され、翌年、純文学新人の登竜門とされる芥川賞を受賞した。清張は意外にも芥川賞作家なのである。このとき清張は四十四歳になっていた。

主人公の田上耕作は美貌の母ふじと小倉の博労町（現在のＪＲ小倉駅北口付近）に住んでいる。「すぐ前は海になっていた。海は玄界灘につづく響《ひびき》灘だ。家には始終荒浪の音がしていた。耕作はこの浪の響きを聞きながら育った」。ここに象徴的に描かれるのが「でんびんや」。貧しい老夫婦と女の子が住む家のじいさんが、柄のついた大きな鈴を持って

現在の小倉には往時をしのばせるものはほとんど残されていないが、森鷗外が住んだ家（木造二階建て）が、ビルの合間に復元され、無料公開されていた（北九州市小倉北区）

歩いて朝早く仕事に行き、夜遅く帰って来る。その鈴の音が少年耕作の耳に聞こえ、この感傷が鷗外に親しむきっかけをつくる。耕作は鷗外の小説「独身」を読んだとき、「小倉の雪の夜に、戸の静かな時、その伝便の鈴の音がちりん、ちりん、ちりん、ちりんと急調に聞こえるのである」の一文に接し、鷗外と響き合うのである。「でんびんや」は今日の宅配バイク便のような仕事であろうか。

耕作は「口をだらりとあけたまま涎《よだれ》をたらした」片足の不自由な青年ゆえ、どこに誰を訪ねても会った人はびっくりし、ある人には「そんなことを調べて何になります？」と言われる。彼は実際自分がやっていることに意味があるのか、努力は全くつまらないものに思え、絶望感に打ちひしがれる。だが、母ふじは不憫《ふびん》な息子を励まし、あるときは息子を相手にしなかった山深き家に、人力車を連ねて往復八里の山道を二人で乗り付ける。それは田上家の月の生活費の半分にも相当する金額だったが、母は毅然《きぜん》としてひるまない。

また、耕作が山寺を訪ねたときなどは、知り合いの若く美しい看護婦が彼に付き添い、彼女はやさしく耕作の手を取って歩いてくれる。次第に打ちとける二人に、母は一縷《いちる》の望みを託し、ついには彼女に耕作の嫁にと切り出すのだが、「いやね小母《おば》さん、本気でそんなこと考えていたの」と言われ、彼女はのちに入院患者と恋愛し、結婚してしまう。このあと、母子はいっそう寄り添うようになる。

やがて太平洋戦争が勃発し、空襲におびえる、明日の命もわからない、鷗外も何もあったものではない時代を経て敗戦。食糧事情が悪いなか、耕作は麻痺症状が悪化し、寝たきりになる。母子は家を人に貸し、裏の三畳間に逼塞《ひっそく》して暮らす。五年が経過した年の暮れ、衰弱がひどくなった耕作は、母の看病もむなしく息を引き取る。ふじが「どうしたの？」と聞いて、顔を近づけると、耕作は不思議とはっきりした口調で、鈴の音が聞こえると言う。ふじが「鈴？」と聞き返すと、こっくりとうなずき、そのまま顔を枕にうずめるようにして、なおもじっと聞いている様子をし、ほどなく帰らぬ人となるのである。

ふじは耕作の初七日過ぎ、遺骨と風呂敷包みの草稿を抱え、熊本の遠い親戚の家に引き取られて行く。そして物語は最後こう締めくくられる。「昭和二十六年二月、東京で鷗外の『小倉日記』が発見されたのは周知のとおりである。鷗外の子息が、疎開先から持ち帰った反古《ほご》ばかりはいった箪笥《たんす》を整理していると、この日記が出てきたのだ。田上耕作が、この事実を知らずに死んだのは、不幸か幸福かわからない」

初めて読み終えたとき、私は名状しがたい悲しみにとらわれた。この母子があまりに切なく、しかしその結びつき、とりわけ母の息子を思う愛情は深く、ひたひたと胸に迫ってきた。と同時に耕作が必死の思いで聞き歩き、掘り起こし、書いた原稿は何の意味も持ち得なかったことを知らされ、彼は何のために鷗外の足跡を追って小倉の町や村々をめぐり、柳川までも足を延ばしたのか。看護婦との淡い恋心も成就せず、彼の人生は一体何だったのかと叫びたい気持ちになったものだ。

だが、これこそが彼のみならず、私たちの人生の実相であると、清張は言いたかったのかもしれない。そう、人生に大して意味はないと言いたかったのかもしれない。一つ救いがあるとすれば、耕作には最後まで彼を見捨てず、温かく見守ってくれた友人がいたことである。この『或る「小倉日記」伝』には、のちの巨人、清張のすべてが込められていると言っていいのではないか。

まず、主人公の田上耕作だが、実在のモデルがいたとはいえ、その人物が書いた記録は何も残っていないという。実在の耕作は明治三十三年生まれだそうだが、小説では明治四十二（一九〇九）年に設定され、これは清張自身が生まれた年である。耕作は清張の分身なのだ。耕作は小倉時代の鷗外の文書類を掘り起こそうとしたのではなく、直接鷗外に接した人たちを探し出し、現場に足を運んで生の声を聞き取ろうとした。これは小倉に育ち、小倉に住んでいた清張が、そういう民俗学的な手法で鷗外の足跡を訪ね歩いて集めていたに相違なく、この手法は後年著されるノンフィクションのシリーズ『日本の黒い霧』『昭和史発掘』などに基本的に引き継がれている。

耕作は身体障害者で、極めて見栄えが悪い。聞き取りに行っても、おまえがそんなことを調べて何になる、と意地悪く言われる。これも清張自身が朝日新聞社西部本社に広告の版下製作担当として勤めていた時代、エリート記者に唯一の楽しみだった考古学調査をあざけられた言葉であった。

清張は少年のころ、新聞記者になるのが夢だった。それは父親が新聞で仕込んだ政界情報を他人に吹聴する癖があって、父は原敬を尊敬していたが、原が記者出身だったため、清張は子ども心に記者を尊敬するようになっていた。「私は朝日の社員のバッジを胸につけたとき、泪《なみだ》が出るほどうれしかった」と、『半生の記』（新潮文庫）で振り返っている。

やっとの思いで朝日新聞に入社できた清張だったが、記者への道は最初から閉ざされていた。高等小しか学歴がなかったからだ。清張はその悔しさをバネに、持ち前の反骨精神で独学を続け、やがて作家として認められ、押しも押されぬ巨匠の地位を確立してゆく。

「上級学校を出た途端に勉強をストップする者と、小中学校を出てから一生を勉強して通す者と、どちらに最終の勝敗があるだろう。（中略）人生には卒業学校名の記入欄はないのである」とのちに清張は述べ、何よりこの私がそれを証明しているだろう、と暗に言っている。本当にそうなのだが、学歴なくして成功を収めるのはほんの一握りであるのも事実である。

人は誰しも多かれ少なかれコンプレックスを抱えている。清張の場合、ルサンチマン（怨念）と表現したほうが当たっているかもしれない。学歴や基盤のない孤独な主人公が、その世界のトップの座にいて権力を振るう者にさまざまな手段で挑む構図の作品が、清張文学の最大の特徴とするならば、それは自身のルサンチマンから想を得ているにちがいない。

松本清張研究家でも知られる文芸評論家・川本三郎さんは「遅咲きの清張には、日のあたる場所に生きる者より、日かげで生きる人間のほうにはるかに強い共感がある」と、『東京は遠かった　改めて読む松本清張』（毎日新聞出版）で書いている。『或る「小倉日記」伝』の主人公がまさにそうではないか。この点においても清張文学の原点に位置する作品と言っていい。

読み終えたとき、言い知れぬ悲しみに胸が浸されるが、それは孤独の悲しみ、母の報われぬ愛の悲しみ、別離の悲しみ、戦争という時代を引きずった悲しみ、すべては徒労に終わった悲しみ、……幾重にも折り重なった悲しみである。清張はそれらを見事に描き込んでおり、手法といい、感性といい、真理といい、のちの大作家への道がここにすでに示されている気がしてならない。

私は再読後、清張が半生を過ごした小倉に、いますぐにでも行かなければならないとの思いにかられ、まだ新聞社に勤めていた令和元（二〇一九）年の師走、四日間の休暇を取り、慌ただしく北九州小倉に旅立った。

『点と線』

出典・昭和六十二年五月刊　新潮文庫

松本清張が若いころなりたくてなれなかった新聞記者を、私は四十年半続けてきたが、清張という巨人を前にすると、自分のちっぽけさにうんざりする。一体何をやってきたのかと自責の念にも苛《さいな》まれる。せめて清張作品を読み直し、その範囲で清張が八十二年の生涯をかけて格闘したこと、訴え続けたこと、成し得たことを見つめてみるほかない。

清張は『或《あ》る「小倉日記」伝』で芥川賞を受賞し、四十四歳で文壇デビューを果たした昭和二十八（一九五三）年、朝日新聞西部本社から東京本社に転勤になり、長年住み慣れた北九州・小倉を離れて東京に単身赴任した。三十一年には退社するが、それは、同社主催のパーティーに出席した作家・井上靖から、会場入り口で「ぼつぼつ辞めてもいいんじゃないですか」と声をかけられたのがきっかけだった。

晴れて職業作家となり、「疑惑」「顔」「共犯者」といった作品を次々に発表、三十二年、日本交通公社（現在のＪＴＢ）発行の月刊誌『旅』に「点と線」の連載を始める。この初の長編が清張ブームを巻き起こす端緒となった。実際には翌三十三年に光文社から二百六十円の単行本として刊行されて火がつき、十万部を超える、当時としては記録的なベストセラーになる。

『点と線』は、清張にとって記念碑的な作品である以上に、わが国の推理小説史を塗り替えた傑作とされる。何をもってそう称されるのか。

それまでの推理小説は、江戸川乱歩や横溝正史に代表される探偵小説で、主人公の探偵がスーパーマン的な推察を働かせて世にもおぞましい事件を解決するというものだった。ところが、『点と線』の主人公はふつうの刑事たちであり、その刑事が靴底をすり減らしてあちこち捜査に歩き、犯人と見なす者のアリバイを崩す。犯罪の動機も彼（彼女）の置かれた立場や境遇に照らすと、もし自分がそうであれば同じことをしでかしたかもしれないとのリアリティーがあった。そして事件の背景には当世の社会問題が横たわっていた。

清張自身、評論「推理小説の魅力」でこう述べている。「動機を主張することが、そのまま人間描写に通じるように私は思う。犯罪動機は人間がぎりぎりの状態に置かれた時の心理から発するからだ。（中略）私は、動機にさらに社会性が加わることを主張したい。そうなると、推理小説もずっと幅ができ、深みを加え、時には問題も提起できるのではなかろうか」。清張は意図して従来の推理小説にはない、新しい推理小説を書いていった。

時代は高度経済成長の幕開き期に当たり、テレビや電気洗濯機が登場、国民生活は年々向上し、旅行、レジャーへの関心も高まりつつあった。都会ではサラリーマン社会が出現して、サラリーマンたちは行き帰りの電車の中で続々創刊される真新しい週刊誌を手に取って開いた。そこに清張の「社会派推理小説」が載っており、登場人物といい、事件の動機や背景といい、鉄道旅への誘《いざな》いといい、サラリーマンの心情にぴったりはまって、読まれに読まれたのだ。

「鹿児島本線で門司方面から行くと、博多につく三つ手前に香椎《かしい》という小さな駅がある。この駅をおりて山の方に行くと、もとの官幣大社香椎宮、海の方に行くと博多湾を見わたす海岸に出る。前面には『海の中道』が帯のように伸びて、その端に志賀島《しかのしま》の山が海に浮び、その左の方には残《のこ》の島がかすむ眺望のきれいなところである」。『点と線』は、この香椎の海岸に横たわる男女の死体が発見されて物語が動き出す。一週間前、男女が仲良く東京駅から下り特急「あさかぜ」に乗り込むところを、割烹小雪の常連客で機械工具商の安田辰郎と、その女の二人の同僚が目撃していて、当初心中と思われた。

だが、福岡署の風采のあがらないベテラン刑事、鳥飼重太郎は男が食堂車の「御一人様」の領収証を持っていたこと、博多の旅館で一週間も女からの電話を待っていたことに疑問を抱き、一人現場周辺の聞き込みを始める。

心中を裏付ける東京駅での目撃証言に関しては、汚職の関連捜査で博多入りした、警視庁捜査二課の若い刑事の三原紀一が東京に帰ってから、目撃が偶然にしては出来すぎているとの疑いを持つ。十三番ホームにいた安田たちが、十五番ホームを歩く知り合いの男女を目撃したと言うが、十三番線から十五番線が見通せる（つまり十三番、十四番に列車が入っていない）時間は一日のうち、たった四分間しかないことを突きとめたからである。そこから、安田の目論見（心中に見せかけた男女殺害事件の真実）に迫り、周到に仕組まれたアリバイを崩していく。

東京駅ホームの「四分間のトリック」は、時刻表を繰るのが好きで、全国各地への鉄道旅に想像を膨らませていた清張ならではの発想で、『点と線』と言えば、東京駅での四分間を頭に浮かべる人はいまでも多いのではないか。

小説では安田の妻亮子が時刻表の愛読者であることを、三原は亮子が療養している鎌倉の家を訪ねて知る。亮子は、安田が自らの贈賄汚職を隠すために企てた男女殺人の共犯者だった。鳥飼の三原宛ての手紙の中でこのように書かれている。「亮子は『夫の手伝い』よりも、あんがい、お時（女のこと）を殺すほうに興味があったのかもしれません。いくら自分が公認した夫の愛人であっても、女の敵意は変りはありません。いや、肉体的に夫の妻を失格した彼女だからこそ、人一倍の嫉妬を、意識の下にかくしつづけていたのでしょう。その燐《りん》のような青白い炎が、機会をみつけて燃えあがったのです」

安田が連れの女二人に、十三番ホームから十五番線を見て「あれは、九州の博多行の特急だよ。《あさかぜ》号だ」と教えるが、この「あさかぜ」は昭和三十一年十一月に東海道本線の全線電化が実現し、東京・大阪日帰り時代が到来した一カ月前の十月から、東京〜博多間を十七時間で結ぶ、わが国初の寝台特急列車として運転を開始したものだった。スマートなブルーの車体から、のちに「ブルー・トレイン」と呼ばれ、人気を博した。鉄道ファンの清張はすかさず「あさかぜ」を登場させたというわけだ。

『点と線』でもう一つ特筆すべきは、政官財癒着による汚職事件をテーマとしていること。当時は造船疑獄事件、独禁法改正汚職事件、多久島事件、売春汚職事件などが起きており、下級官僚の自殺が相次いでいた。

清張は昭和三十三年に短編「ある小官僚の抹殺」を発表しているが、『点と線』では××省課長補佐の佐山憲一（心中に見せかけ殺された男）がそうである。犠牲となるのはいわゆる中間管理職で、上司や政治家は巧みに逃げ延び、出世する。それは今日に至っても何ら変わっていない。清張は尊大な権力者に憎悪すら抱いていたと思われるが、巨悪は滅びないことを承知のうえで作品を書いていった。

ついでと言ってはいけないが、『点と線』の面白さをあと一つ、二つ取り上げると、一つは鳥飼刑事の風貌。着ているオーバーも服もくたびれ、ネクタイはよれて、自分を「小生のごとき老衰した頭脳」だの、「老いの繰り言」だの、「おいぼれ」だのと卑下する。そんな彼は定年前と思いきや、実は四十代前半で、いまなら働き盛り、まだ若いと言っていい年齢である。

もう一つは三原のコーヒー好き。行きつけの喫茶店でコーヒーを飲みながら考えにふけり、事件解決の糸口を思いつく。「九州からの長い汽車の旅で、彼はうまいコーヒーに飢えていた、改札口からまっすぐに有楽町に車をとばして、行きつけの喫茶店にとびこんだ。（中略）コーヒーがおいしかった。これだけは田舎では味わえない」。一方で酒をのむ場面は一度もない。これは清張が酒を飲まず、コーヒー党だったからに相違ない。

ゆかりの香椎に足を延ばしてみた

私の清張のふるさとを訪ねる旅だが、列車と新幹線を乗り継ぎ、その日の午後一時には小倉に着いていた。ＪＲ小倉駅を降りると、モノレールが正面通りの頭上を走っており、その高架によって空が望めず、人影も少ない通りを歩いて、まずは鍛治町の森鷗外旧居を目指した。

ビルの合間に、そこだけ時代に取り残されたように木造二階建ての民家が復元され、無料公開されていた。一人静かに見たあと、清張が採用された朝日新聞九州支社のあった場所に足を延ばしたが何もなく、小倉駅に戻って反対側の京町へ。そこは下町風情を残すアーケードの商店街だった。

通り抜け、紫川沿いの冷たい風に打たれながら小倉城へ。昭和三十四（一九五九）年に再建されたという天守、お堀一帯もなじみの松本城とは比較にならない大きさであった。城内の一画に建てられている松本清張記念館に着いたときは夕刻が近づいていた。広い館内の展示物は充実しており、清張の足跡、仕事の全容を知るに十分だった。特に二階の「思索と創作の城」は、東京・杉並の家の書斎と約三万冊の蔵書（書庫）をそのまま移築してあって、ガラス越しとはいえ眺めていると、そこにご当人がいるような錯覚を覚えた。取材ノート、直筆原稿、愛用のカメラや万年筆なども直に見ることができた。

翌日はモノレールに乗り、『或る「小倉日記」伝』に登場する、カトリック小倉教会などを訪ねた後、小倉駅北口の博労町（現浅野）に、主人公の青年と母が暮らした昔日の面影を探すもののビル街には何もなく、小倉港を見て、小倉駅のモノレール側に引き返した。それから清張が暮らした場所を求め、持参の『松本清張地図帳』（帝国書院）を開き、昔の地図と現在の町名、番地を照らし合わせ、足を棒にしてあちこち行ってみたが、どこにも往時の雰囲気は残っておらず、街はすっかり現代風に整えられていた。

三日目、私は小倉駅から鹿児島本線の特急で、『点と線』ゆかりの香椎に向かった。四十分ほどで着き、駅前に出るとその静けさときれいさにびっくりした。イベントか何かのチラシを配る高校生らしき若者に「西鉄香椎駅はどこ?」と尋ねると、「あの建物です」と指さし、真向かいにそれは見えていた。歩いて五分、ここも人通りは少なく、駅ビルの前に「清張桜」と命名された一本の桜が植わっていた。連載当時から咲いていたそうで、その後、区画整理に伴って伐採されるところだったが、清張ファンが行政に要望し、現在の駅前に移植されたのだという。

心中を装う男女の死体が横たわっていた香椎海岸に向かって歩く。マンションなどが立ち並ぶ街を過ぎると、造られた砂浜のような海岸が現れた。小説で描かれた景色とはあま

長編推理小説『点と線』は、清張ブームを巻き起こし、わが国の推理小説史を塗り替えて、「清張後」の言葉を生んだ。西鉄香椎駅は『点と線』の舞台の一つとなった（福岡市東区）

りにかけ離れ、志賀島と本土をつなぐ「海の中道」も確認できなかった。博多湾埋め立てによる人工島の高層ビル群が視界を遮っているからだった。

予想していたとはいえ、小倉もここ香椎も清張のころは遠く消し去られ、唯一師走の風だけが変わらないように感じて、私は来た道をとぼとぼ引き返した。

「清張は『しあわせ』を『仕合せ』と表記する。『仕合せ』とは運命のめぐり合わせ、他力的な幸運のことである。そこに『幸せ』という表記の持つ砂糖菓子のような甘さはない。清張は人間の『仕合せ』を描いても『幸せ』を描くことのない作家だった」と、文芸評論家で松本清張研究家の郷原宏さんは評伝『清張とその時代』（双葉社）で論じている。なるほどと思う。『ゼロの焦点』『砂の器』『球形の荒野』『天城越え』……代表作の登場人物たちがみな、そんな運命をたどっている。

それにしても松本清張は、どうしてこれほど膨大な作品を後半生四十年間で書き連ねることができたのか。遙かに仰ぎ見る山脈を築き上げられたのか。時代に清張は呼び寄せられ、それに応えるべく日夜励み続けた結果としか言いようがない気もする。

私は次の日、水郷の町・柳川に遊んで旅を終えたのだった。

三島由紀夫

何もないところへ来てしまった

『仮面の告白』

出典・昭和五十一年十二月刊　新潮文庫

生きてきたなかで、あなたにとって最大の社会的事件は？　と問われたとする。むろん人それぞれで、ある年配者は太平洋戦争の敗戦（玉音放送）を事件と言うかもしれない。連合赤軍事件、オウム真理教のサリン事件を挙げる人もいるのではないか。半世紀以上前の昭和四十五（一九七〇）年に起きた三島由紀夫（一九二五～一九七〇）の割腹・刎頸《ふんけい》自決はどうなのだろう。あの日、十一月二十五日のことだが、自分はどこにいて、どうしていたと鮮明に思い出せる人が多いというから、事件が当時の日本人一人一人に与えた衝撃の大きさがわかる。

戦後日本が復興を遂げ、経済大国となり、みんなが平和と物の豊かさを享受しているなか、それを真っ向から否定するような、前時代的な死にざまを見せつけられ、同時代人（特に知識人）はたまったものではなかったらしい。らしいというのは、当時私はまだ十二歳の小学六年生で、翌朝事件を伝える新聞を見てびっくり仰天し、三島由起夫とは一体何者で、なぜこんな死に方をしなければならないのか全く見当がつかず、父母に「どういう人？　どういうこと？」と疑問をぶつけたものの、答えは返って来ず、それはそれで終わってしまっていたのだった。

三島由紀夫が私の中に蘇るのは、太宰治の小説を大方読み終え、次に誰を読もうかと書店に行き、手に取ったのが三島の出世作『仮面の告白』（新潮文庫、二百円）で、そう言えばこの人は数年前にとんでもない死に方をした人ではないか、作家だったのかと思い至った、そのときだった。確か高校二年の冬である。たまたま三島を手にしたというのではなく、太宰の世界の延長線上の作家を探し求めていて、三島の『仮面の告白』に同じ匂いをかいだのだ。それは野球少年から文学少年に転じていた私の直感だった。文体も作品も死に方も正反対ような太宰と三島が、本質的には似ていると感じたのである。

三島が死んだ日の衝撃に関しては、多方面の著名人たちが書き残し、その意味についても論じ、数え切れないほど本になっているが、私の知人で、『週刊新潮』の表紙絵を二十年以上描き続けている、読書家の成瀬政博さんが「特別な一日」と題してエッセーに書いているので紹介したい。

文は「アメリカ人ならケネディ大統領が暗殺されたその日、自分は何をしていたか、みんなよく憶えているそうですね」で始まる。成瀬さんは三島が死んだ日、大阪の職業安定所に行った。二年前に大学を卒業していたが、就職せず無為な日々を過ごしており、とりあえず職に就かねばと思い立った。紹介してもらった自動車部品の卸の商店にその足で向かい、すぐ採用になって午後から倉庫での梱包の仕事を、三十過ぎの先輩に教えられて始めていた。二時間ほど過ぎたころ、女性の事務員が駆け込んで来て、「三島由紀夫が切腹したって！」と大声を張り上げたというのだ。「このときぼくがどう言葉を発したかは憶えていないけれど、この場の裸電球の下での三人の光景は、まるで一枚の写真を見るように思い浮かべることができます。（中略）弁当箱をかかえて失業者みたいだけれど、なんだか文学青年っぽくもみえるこの男の子にはラジオから流れたこの出来事を知らせてやらなくては、という彼女の姿、いまもなつかしく思い出せます」と成瀬さん。

その日の情景を思い出してありのままにつづっただけで、一行も論評めいたことは記していない。だが、三島が腹を切って死んだという大変ショッキングな出来事が、このようにして伝播《でんぱ》したのだとリアリティーがある。

私は三島由紀夫がなぜあのような死に方をしなければならなかったのか、半世紀の間、考え続けてきたわけではもちろんない。高校から大学時代に三島作品を立て続けに読み、地方紙の記者の仕事に就き、ずっと後年コラム担当になってから、十一月二十五日がめぐってくる度、そのコラムに書き継いだくらいの話だが、心の奥底にあの凄絶な死が巣くってしまっていて、消し去ることができないでいるのも確かである。三島の〝策略〟にまんまとはめられた一人ということなのだろう。

三島の死はここから始まっていた

さて『仮面の告白』だ。三島は東京帝大を卒業後、大蔵省（当時）に入省したものの、創作活動に専念したくてわずか九カ月で退職、自分のすべてを賭ける意気込みでこの長編小説を書き上げ、河出書房から世に問うた。昭和二十四（一九四九）年夏、三島二十四歳。三島は彗星のごとく文壇にデビューし、瞬く間に人気作家に上り詰めたように思われているが、実際はそうではなく、『仮面の告白』は当初評判にもならなければ売れもしなかった。彼は危機感を募らせ、大蔵省を辞めなければよかった、と後悔したらしい。某雑誌編集長に批評を載せてほしいと泣きつき、編集長が作家でロシア文学者の神西清に頼んで紹介文を書いてもらい、それがきっかけで世に知られていった。

『仮面の告白』は、一口に言えば女性に対して不能であることを発見した観念的な青年の希望なき物語と言える。こんな場面がある。「その絵を見た刹那、私の全存在は、或る異教的な歓喜に押しゆるがされた。私の血液は奔騰し、私の器官は憤怒の色をたたえた。この巨大な・張り裂けるばかりになった私の一部は、今までになく激しく私の行使を待って、私の無知をなじり、憤《いきどお》ろしく息づいていた。私の手はしらずしらず、誰にも教えられぬ動きをはじめた」

聖セバスチャン殉教図を見て、「私」は昂奮し、初めて自慰し、初めて射精を体験した。いまでこそ同性愛は市民権を得ているが、当時は異端も異端であり、それを知った当人の苦悩と孤独は大きかった。

三島が真の同性愛者なら結婚し、子どもをもうけることはなかっただろうから、私は彼はそういう傾向が幼少期からあったというレベルだと思う。その性的倒錯の傾向を強調させ、あたかも懺悔するように書いたのが『仮面の告白』で、だから単なる告白ではなく、「仮面の」なのだ。

なるほどそうかもしれない、と思わせる説がある。ノンフィクション作家の猪瀬直樹さんは力作『ペルソナ　三島由紀夫伝』（文藝春秋）で、『仮面の告白』の私小説の発想に

三島由紀夫（本名・平岡公威）の遺骨が納まる「平岡家之墓」。
東京府中の多磨霊園の中にひっそりとあった

は、太宰治の『人間失格』の命と引き換えの成功があったのではないか。太宰が女と玉川上水で入水心中するのは昭和二十三年六月。『人間失格』はその自殺の前後、雑誌『展望』に掲載され、すごい反響を呼んでたちまちベストセラーになった。三島は、ならば自分も懺悔《ざんげ》に値する世界を抱えているのではないか。そう発想して『仮面の告白』に仕上げていった。懺悔録というのはインパクトが強いと。

『仮面の告白』の「私」は、結局、園子という異性を愛することができないとわかり、悲しい別れをする。ラストシーンはこう描かれている。

「あと五分だわ」

この瞬間、私のなかで何かが残酷な力で二つに引裂かれた。雷が落ちて生木が引裂かれるように。私が今まで精魂こめて積み重ねて来た建築物がいたましく崩れ落ちる音を私は聴いた。私という存在が何か一種のおそろしい「不在」に入れかわる刹那を見たような気がした。（中略）

私と園子はほとんど同時に腕時計を見た。

この文章を読み直したとき、私自身が感じたのは、三島はこのときすでに自分の中の不気味さを持て余し、これから生きて何を積み上げたところでねじ伏せることはできない、ならばどこかの時点で、得たいの知れぬ不気味なものとの闘いを終わらせようと思案していた。それは死の誘惑と言い換えられるものでもあって、その誘惑に抗《あらが》えずにいたのではないか、ということだった。

いまさらながら『仮面の告白』は、最も三島らしい、三島文学の根本に位置する、文学を超えて三島の人生を予見し、ほとんど決定づけた作品だったと思うのだ。

生前の三島を知るフランス文学者で作家の出口裕弘は、評論『三島由紀夫・昭和の迷宮』（新潮社）で、三島作品の意味を深掘りし、死に至る謎に迫っている。『仮面の告白』については「第一等の作だと、年を追って信じるようになっている。この人の仕事と生死を再考三考するための出撃基地が、私からすると『仮面の告白』だ。ここから飛び立ち、ここへ帰着する」と。

三島由紀夫は『仮面の告白』後、次々に作品を発表し、昭和二十九年、二十九歳のときに書いた『潮騒』で第一回新潮社文学賞を受賞、三十二年には『金閣寺』で読売文学賞を受けて、早くも日本を代表する作家の地位を獲得した。『金閣寺』は二十五年に国宝金閣寺が放火で全焼した事件をモチーフにする。放火する青年僧（吃音のハンディを背負い、幼いころから金閣寺を偏愛）が主人公だ。

「金閣寺焼失、という取り返しの付かない大事件は、まさに三島由紀夫の生涯のテーマをぶつけるにふさわしい素材であった。室町時代からあらゆる災難を逃れて生き続けてきた金閣は、昭和の戦争を終えた平和の時代に焼かれてしまう」ととらえ、三島の一冊を選べ、と言われれば、躊躇《ちゅうちょ》なく『金閣寺』を選ぶ、と記すのは明治大学文学部教授の齋藤孝さん。

『金閣寺』は日本文学を代表する傑作、の評価は現在に至っても不動と言っていいのだろう。私は太宰治の津軽、松本清張の北九州小倉に続いて、三島由紀夫の作品ゆかりの地を一つ二つ旅をするつもりでいた。ところがまさかのコロナ禍で出かけられなくなってしまった。

ただ、私は四十代後半、三島が割腹自決した東京・新宿市谷の防衛省内にある「市ケ谷記念館」と、三島の遺骨が納められている府中の多摩霊園の中の「平岡家之墓」を取材で訪れている。当時、私は新聞に「臼井吉見の『安曇野』を歩く」と題する長期連載を手がけていた。臼井吉見が著した大河小説『安曇野』(全五巻)の主な登場人物たちの人生を追い、その舞台を全国各地に訪ね歩いて、記者の目線による読み物につづっていた。

三島事件のことも『安曇野』に書かれており、これ幸いとばかり市ケ谷記念館と墓に足を延ばしたのである。市ケ谷記念館では、三島が最後に演説したバルコニーを外から眺め、館内に入って三島が日本刀を振りかざしてつけたドア上の鴨居の傷跡、実際に腹を切り、首をはねられた部屋を見た。

墓はひっそりと佇んでいて、ここが三島由紀夫の墓であると、ことさら主張するものはなく、平岡（本名）の家としてはもう静かにしておいてほしい、との切なる思いが込められているようだった。ファンや遺族が最近訪れた様子はなく、私は花を手向け、手を合わせてそっと立ち去った。

「臼井吉見の『安曇野』を歩く」は四年七カ月、二百三十回を数えた。その中の一編「三島由紀夫事件」で、私は「三島が天皇制や憲法改正を唱え、急激に右傾化するのは、四十歳以降である。国中が戦争に躍起となっているとき、何の役にも立てなかったが、今ならお役に立てると思い、日本の伝統文化を束ねる天皇制に戻るべきだ、と叫んだ。（中略）戦前に回帰し、凄絶な死にざまを演じて果てた三島は、ある一定の人々の内奥にトラウマ（心の傷）を刻んでいまも生きている」と書いた。

『春の雪』『天人五衰』

出典・昭和五十二年七月、昭和五十三年二月刊　新潮文庫

三島由紀夫はその死にざまがあまりに苛烈にして衝撃的だったため、彼の作品世界より死への道行きにどうしても関心が向いてしまう。なぜあのような死に方をしなければならなかったのかという問いが、半世紀を経て再び私の中に頭をもたげてきて、ぼつぼつ私なりの〝決着〟をつけないと、次に踏み出せないような気もしている。

三島由紀夫は四十歳前後のころ、日本人初のノーベル文学賞受賞の最も近い位置にいた作家であった。昭和三十八（一九六三）年、三十八歳で初めて候補に挙がり、八十人の候補のうち最終選考六人の中に残ったことが後年わかっている。その後、毎年のように候補にノミネートされたが、受賞には至らず、昭和四十三年、三島にとって師である川端康成が日本人で初めて受賞を決め、大きな脚光を浴びることとなる。三島はいち早く鎌倉の川端邸に駆けつけ、満面の笑みでお祝いを述べ、これを機に日本文学が世界で存在感を増し発展すれば素晴らしい、と期待感を表した。だが、内心は穏やかではなく、というかとても悔しく、自分がノーベル賞を受けることはもうないだろうと思ったようだ。

三島にとってノーベル賞はほかの賞とは比較にならない栄誉で、受賞すれば日本の明治以降の近現代の作家の中で、自分が最高峰に位置する称号を得られると信じていた。のどから手が出るほどノーベル賞は欲しかった。

作家の瀬戸内寂聴が、ずっと後に三島の弟の平岡千之さん（当時ポルトガル大使）と大使館で再会した折、千之さんが兄の思い出を堰を切ったように語り続け、その話の中で驚いたのは「三島さんは自決の前は、川端さんを憎んでいたということであった。すべてはノーベル賞が原因らしかった」と記しているのは大変興味深い。（随筆「三島由紀夫の不死」）三島はノーベル賞を逃した後、それまでに増して「武」に傾斜し、死を見据えて突き進んでいったように思えてならない。

「武」を色濃く投影した自伝的評論が、昭和四十三年に刊行された『太陽と鉄』（講談社）だ。自身の芸術と思想を難解な文章で表現しているが、文章を短く区切るとわかりやすい。「私は『肉体』の言葉を探していたのである」「十八歳のとき、私は夭折《ようせつ》にあこがれながら、自分が夭折にふさわしくないことを感じていた。なぜなら私はドラマチックな死にふさわしい筋肉を欠いていたからである。そして私を戦後へ生きのびさせたものが、実にこのそぐわなさにあった」「かくて『文武両道』とは、散る花と散らぬ花とを兼ねることであり、人間性の最も相反する二つの欲求、（中略）一身に兼ねることであった」「何とか私の精神に再び

『終り』を認識させねばならぬ。そこからすべてが始まるのだ。そこにしか私の真の自由の根拠がありえぬことは明らかだった」……。

全編こんな調子で、自分は近い将来（実際には二年後）、武士として死ぬ、花と散る。同時に「文」という散らぬ花を咲かせる、と宣言する〝遺書〟以外の何ものでもない作品である。

同時進行で最後の長編小説『豊饒《ほうじょう》の海』（全四巻、新潮社）に取り組んでいる。第一巻は『春の雪』。明治末から大正にかけての貴族の若い男女の恋愛物語で、私が読んだのは高校三年生だった。読み終えたとき、これほど美しくも悲しい物語があるだろうかと感動し、三島由起夫という作家の力量に驚嘆した。時代背景といい、物語性といい、流麗な筆致といい、日本文学の頂点を極める作品の一つにちがいないと思ったことを覚えている。

主人公の十八歳の松枝清顕《きよあき》は二歳年上の聡子と相思相愛となるが、聡子が皇族の婚約者となってその恋は禁断と化す。清顕は親友の本多らの協力で密会を重ね、聡子は妊娠する。関係が両家に知れ渡るや聡子は堕胎させられたうえ、奈良の月修寺という寺で髪を下ろし、出家してしまう。清顕は聡子に一目会いたいと、春の雪の日に月修寺を訪れるのだが拒絶され、雪の中で待ち続けたことで肺炎をこじらせ、二十歳の若さで死ぬ。その直前、清顕は本多に「今、夢を見ていた。又、会うぜ。きっと会う」と言い残す。転生して再会するというのだ。

『豊饒の海』は第二巻の右翼青年、第三巻のタイ王室の美女に、清顕が生まれ変わるという輪廻転生の神秘を本多が見続けるなかで、最終第四巻『天人五衰』では、七十六歳になった本多が、転生者らしき少年を見つけ養子にする。少年は生まれ変わりではなく、自殺を図って未遂に終わり失明。清顕、右翼青年、タイ王室美女とも二十歳で死んだのに、彼は二十歳以降も生き続ける。

裏切られ、八十歳を超えた本多は自らの死期を悟って、六十年ぶりに月修寺に尼僧門跡となっている聡子を訪ねる。長い物語のラストはこうである。客間の唐紙が開いて八十三歳になるはずの聡子が現れる。

むかしの聡子とこれほどちがっていて、しかも一目で聡子とわかるのである。六十年を一足飛びに、若さのさかりから老いの果てまで至って、聡子は浮き世の辛酸が人に与えるようなものを、悉《ことごと》く免れていた。(中略)

本多が閲《けみ》した六十年は、聡子にとっては、明暗のけざやかな庭の橋を渡るだけの時間だったのであろうか。(中略)

「清顕君のことで最後のお願いにここへ上りましたとき、御先代はあなたには会わせて下さいませんでした。その当時は恨みに思っておりました。松枝清顕は、何と云っても私の一の親友でございましたからね」

「その松枝清顕さんという方は、どういうお人やしたか？」

本多は呆然と目を瞠《みひら》いた。

このあと、どんなに清顕のことを本多が説明しても門跡は声も目色も少しも乱れず、「私は俗世で受けた恩愛は何一つ忘れはしません」と断言し、清顕という人はもともといなかったのではないか、と言い放つ。ならばあなたと私はどうして知り合いになったのか、と食い下がる本多に、門跡は「記憶と言うてもな、映る筈《はず》もない遠すぎるものを映しもすれば、それを近いもののように見せもすれば、幻の眼鏡のようなものやさかいに」と応えて揺るがない。

長い沈黙の対座ののち、本多は縁先に導かれ、裏山を背景にした庭を眺める。

これと云って奇巧のない、閑雅な、明るくひらいた御庭である。数珠《じゅず》を繰るような蝉の声がここを領している。

そのほかには何一つ音とてなく、寂寞《じゃくまく》を極めている。この庭には何もない。記憶もなければ何もないところへ、自分は来てしまったと本多は思った。

庭は夏の日ざかりの日を浴びてしんとしている。……

「豊饒の海」完。

昭和四十五年十一月二十五日

締めくくりの引用がつい長くなってしまったが、三島の四十五年の人生もこの日に締めくくられた。

三島は結局、この小説で何を言いたかったのだろう。当初の作者の創作ノートではこういう終わりではなく、本多が解脱に入る（死ぬ）とき、光明の空へ船出する（転生者である）少年の姿を窓越しに見る、というものだったそうだ。それが全く逆の身も蓋《ふた》もないような結末になった。事実も遠い過去のものとなれば、夢幻と変わらない、長い人生の旅路の果てはそんなものだと、三島は聡子に言わせている。虚無以外の何ものでもなく、救われない。だが、それこそが一回限りの人生の果てであると。

三島が苦闘の末にたどり着いた境地、いや、もともと彼はそう思い、そこを見据えて書き続けたのではなかったか。三島の「文」は『天人五衰』の静寂極まる終わり方に集約されている、と解してまちがいあるまい。

三島由起夫とは一体何物だったのか

一方、「武」である。死ぬ四カ月ほど前の昭和四十五年七月七日のサンケイ新聞（当時）の夕刊に、三島はこんな文章を寄せている。「私はこれからの日本に大して希望をつなぐことができない。このまま行ったら『日本』はなくなってしまうのではないかという感を日ましに深くする。日本はなくなって、その代わりに、無機質な、からっぽな、ニュートラルな、中間色の、富裕な、抜目がない、或る経済的大国が極東の一角に残るであろう」云々。

この昭和四十五（一九七〇）年は、いわゆる七〇年安保闘争、大学紛争が敗北に終わった後、日本は西側諸国で米国に次ぐ第二位の経済大国にのし上がり、「昭和元禄」と呼ばれる太平ムードがあふれた年に当たる。大阪万博が開幕し、国民は安保などどうでもよく、万博という国挙げてのビッグイベントに酔いしれた。物が豊かになる生活の味を覚え、ますますそれを欲し、平和と繁栄を謳歌していたのだが、いまになると、三島のこの予言、警鐘はあの平成バブルの時代まで当を得ていた。

「日本が日本でなくなってしまう」「生命尊重のみで魂は死んでもいいのか」――。三島は日本の現状に危機感を募らせ、日本人よ、これでいいのかと、命に代えて訴えようとした。どういう死に方が最も効果的かを考え、死ぬ日を決めて逆算し、畢生《ひっせい》の大作を進行させながら、死ぬ準備に余念がなかった。したがって、三島の死は日本人に対する諫死《かんし》の意味合いが強い。

　それほどまでに日本と日本人を憂えたのだが、根底に死への衝動、「武」を突き詰めるうちに膨らんできた、武士としての死にざまへの憧憬があった。加えて、戦時中に自分が兵役逃れとも言える卑怯な行動を取ったことが、戦後小説家として名声と富を得てゆくなか、心の呵責としてしこりのように固まっていった、と私には思えてならない。

『仮面の告白』では、こう告白している。昭和二十年の新春、「私」に召集令状が来て、入隊を前に身体検査を受けることになる。父の入れ知恵で、本籍地の近畿地方の片田舎で受ければ、ひ弱さが目立って兵役に採られな

防衛省内にある「市ケ谷記念館」。戦後東京裁判に用いられ、三島由紀夫がバルコニーで演説後、割腹自決したことで有名になった（東京都新宿区市谷）

いで済むのではないかと、その田舎で受けた。

検査の前日、「私」は高熱に見舞われていた。「薬で抑えられていた熱がまた頭をもたげた。入隊検査で獣のように丸裸かにされてうろうろしているうちに、私は何度もくしゃみをした。青二才の軍医が私の気管支のゼイゼイいう音をラッセルとまちがえ、（中略）風邪の高熱が高い血沈を示した。私は肺浸潤の名で即日帰郷を命ぜられた」

入隊を逃れた三島は、そのときはこれで生き延びられ、小説を書けると喜んだ。実際に小説を書き続け、世に受け入れられ、富裕な生活を手に入れた。しかし、彼は真に生きている実感は得られず、戦中は全くお役に立てなかったが、いまようやく身心ともお役に立てると思って死に赴き、戦後二十五年生きた申し訳ない人生を打ち止めにした。理由づけとして、日本という国ならではの文化が消えかかった、平和でのっぺりした経済大国を否定し、その証しとして腹を切った。

私設軍隊らしき「楯の会」を率いて政治クーデターを目論んだわけでも、軍国主義の復活を切望したのでもあるまい。日本の伝統文化の象徴としての天皇制を是とし、そこに拠《よ》らなければ日本は日本でなくなってしまうと、日本人の精神の崩壊を悲しんだ。

だが、その神格化させた天皇制によって日本が明治以来、軍事大国化し、侵略戦争・植民地化を繰り広げ、近隣諸国の民を含め数え切れない人の命を失わせ、中国の大地や国土を荒廃させてしまったことには思いが至らなかったようである。こうした犠牲のうえに、日本は永久に二度と戦争はしない、と国内外に宣言する民主国家に生まれ変わったというのに。

私は小説家あるいは批評家としての三島由紀夫は、わが国近代文学史上、稀有の存在であって、作品のいくつかは長く残ると信じたい。死にざま自体は感服せざるを得ないし、時代を共有した日本人の良心に、その白くきらめく刃を突き立てて痛みを生じさせ、それは半世紀以上たったいまも疼《うず》いてやまないとは思う。しかし、そんな三島に共鳴するかというとそうではない。

六十歳を超えていくつかの三島作品を再読し、では私なりに三島由起夫に〝決着〟をつけられたのかというと、なんだか心許《もと》ない。結局、三島由紀夫という作家をこれからも折に触れて考え続けることになりそうである。人生そのものを劇画化してしまった痛ましい人のことを。

水上　勉

冬の日本海は寂しい

『良　寛』

出典・昭和六十三年十月刊　中央公論社

私はいままた、良寛という江戸後期に生きた人に関心が向いている。良寛は私が生まれた昭和三十三（一九五八）年のちょうど二百年前、宝暦八（一七五八）年に越後（現在の新潟県）の出雲崎の名主の家に生をうけ、享年七十二という当時としては長生きをした禅僧だが、僧として立派だったとか、確かな足跡を残したとか、そういう人では全くなく、むしろ逆で漢詩や歌を詠む以外、ほとんど何も成さなかった人である。にもかかわらず、多くの文学者や作家、郷土史家らの研究の対象となり、良寛の生涯や真髄に迫った書物は後を絶たず、「人生最後はこの人だ」みたいな慕わしさを感じさせてくれる人である。

私が再び良寛に関心を抱くのは、還暦を過ぎて〝仕事人生〟の大きな山を越え、その山行が下山からぼつぼつ麓が近づいているいま、自分はこれでよかったのかというか、おまえは正しく生きてきたかと問う声が聞こえ始めたからにほかならない。この「正しく」というのは、世間一般の社会ルール上の正しくではなく、自分に正直に、自分の言葉に嘘をつかずに生きてきたかという意味だ。

良寛は世間の常識に照らし合わせれば、完全な落伍者であるし、田畑を耕したり手仕事をしたり、何か生産的なことをしたかと言えばそれもせず、施しを受けながら暮らした一介の乞食《こつじき》僧に過ぎない。

ただ、良寛は自分の言葉に嘘をつかず、世俗のうまい汁を吸おうとか、人を蹴落としてもえらくなろうとか思わず、寺の住職に収まろうと考えれば収まれたはずの仏教界にも背を向けることで、自分に真っ正直に生きた。

私はむろん良寛のようには徹し切れず、ただ凡庸に生きてきたに過ぎないが、基本的なところで自分に正直に生きたか、と問うてみるのである。

もう一つ、良寛に関心が向くのは、どうも私の性情が基本的には良寛によく似ていると親近感を抱かせるからだ。無口でお世辞一つ言えず、独りで行動するのが合っていて、組織や集団で何かするのが苦手、組織の中では常に疎外感を覚えてきた。そんな不器用な人間が企業で定年まで勤め上げられるものかと言われそうだが、この点において自分は無理を重ねてきたことはまちがいない。ただし、書くという仕事自体は独りでできるので、その自分の力を頼りに四十年余り勤め続けた。

良寛に関する書物を私が初めて手にしたのは、二十代の終わりころ、水上勉（一九一九～二〇〇四）の評伝『良寛』（中央公論社）であった。当時私は仕事に悩んでいた。二十二歳で地方紙記者の職に就いて以来、ひたすら記事を書くことに明け暮れる毎日だった。三十五年ほど前のあのころは、休みも家庭もあったものではなく、社の先輩には「新聞記者が休むなんてことを考えるな。一カ月に一日休めば十分だ」と発破をかけられ、現に本社には月に一日、新聞休刊日にしか休まない五十代の論説委員や編集者もいた。

私は二十代の終わり、三つ目の支局の伊那支局にいた。伊那は高校に通った街で、高校の同級生が市役所や周辺の村役場、合同庁舎などに勤めていたので、再開し親しくなり、それはそれで楽しかった。だが、日々市役所に詰めて、市政の動きに目を凝らし、議会が開かれれば記事にし、その間には市長選、市議選、県議選、総選挙等に追われるなど、息つく暇もない月日を送っていた。小説や本を読む時間などなかったし、あえて読もうともしなかった。なぜなら、記事は出来事を事実のみ、客観的に端的に伝えるのが良く、小説の文体や文学的な表現はかえって邪魔だからだ。駆け出し記者のころ、私は先輩に「お前の記事はすぐ分かるよ」とよく言われた。読んだ小説の文体が記事のどこかに出てしまっていて、「こんな修飾語も主観的表現も要らない」と指摘された。

記者として一通りの経験を積むと、このまま忙しく記事を書き続け、年を重ねてしまっていいのだろうか、との焦燥にかられ、それは次第に膨らんで疑問となり、見るもの聞くものすべてに新鮮さを失って、虚しさすら感じるようになっていた。

この多忙からは何も生まれない。これはいい生き方とは言えない。書店で『良寛』を手にしたのはそんなときだった。「良寛さん」の名前くらいしか知らなかった良寛の人生、それは長い冬の寒さと深い雪にじっと耐え、名声や物の所有に一切頓着せず、貧しく孤独に無一物の境涯を貫いた人生、厳しいはずなのにどこか優しさ、温かさを感じさせる人生であって、こんな人が二百年前のそう遠くない昔にいたとは……。

私は『良寛』を読んでそれを知り、もっと良寛という人に寄り添いたいと心から思ったのだった。

良寛の人生は逸話、伝説に彩られていて、これは事実であると確認できることはほんの少ししかないようだ。謎めいたところが多いなか、最大の謎は二つ。出家するには遅い十八歳で、突然家を捨ててそういう行動に走ったこと、そして二十年後の三十九歳のとき、故郷にぶらり帰って来たことである。

家督を継いで、名主見習いになったものの、その才覚がなくてうまく立ち回れず、出家してしまった良寛について、水上勉は当時の生家・橘家にまつわる事件、争いに敗れて落ちぶれてゆく父以南の姿、名主と檀家寺のつながりなどと絡め、こう書いている。「出家の動機に社会的環境からくる栄蔵（良寛）の厭世志向を云々《うんぬん》することは容易だが、名主見習栄蔵が見たものは、じつは救いのない人間業の世界であった。父の代りをつとめて、一人前になってはじめて世の中の仕組みと、その亀裂、うめく庶民の表情を見たのだ。（中略）これらの事情が加わって、いよいよ坊主になりたいな、という気分もつよまるのもわかる」

長男の唐突な出家に橘家が混乱を来したのは想像に難くない。しかし、良寛の意志は固く、地元の寺（光照寺）から決して戻ることはなかった。二十二歳のとき、光照寺の住持の師である備中（現在の岡山県）玉島の円通寺の国仙和尚が旅の途中、光照寺にやって来る。良寛は国仙の風貌に直に接し、この人は信じられると思ったのだろう、備中玉島に付き従う。

出立の日の出雲崎はそぼ降る雨だったそうだ。良寛は慕わしい父母に、家に別れを告げふるさとを出て行く。この日こそが良寛の真の出家の日であったに相違ない。

円通寺で良寛は、先輩たちに交じって修行に明け暮れ、三十三歳になった寛政二（一七九〇）年の冬、国仙に枕元に呼ばれ、印可《いんが》の偈《げ》を与えられる。「良や愚の如く道うたた寛し騰々《とうとう》任運誰か看ることを得む（後略）」。お前は一見愚のごとくであるが、いまやお前の得た道は、どう転んでも揺るがない広い道だ。お前の到達した任運騰々の境涯を、いったい誰が深くのぞくことができよう。私はお前の今日の大成を祝って、一本の杖をさずけよう。さあどこへでも出かけてよい。至るところお前の世界がある――。水上は「私はこの詩偈に、大愚良寛の十二年の修行成果と、その日常の些細《ささい》を、じっと見すえていた師匠の眼識を見る」と記している。

ほどなく師国仙は亡くなり、良寛は三十四歳で円通寺を去る。その後どこで何をしていたのか。諸国行脚の日々であったようだ。近藤万丈という人が四国・土佐で良寛に会ったとされる文章を残しており、それによると良寛は、破れ庵にごろりと横になって、問われなければ語らず、ただ微笑して客をもてなし、麦粉を湯に混ぜて生きていた。

まさに任運騰々の良寛がそこにいる。そしてそのがらんどうの部屋にあった一冊の本は、仏教祖師の語録ではなく、『荘子』だった。「富と貧、貴と賤、賢と愚、大と小、美と醜……この世は対立する世界である。人間はそのはざまで、なげきかなしみ、悩みして生きる。貧窮、孤独、汚れ、敗亡、病苦。誰もがさけたい世界だが、荘子という人は、そういう人間の悩みや、惑いや、苦を超克するのである。短くいってしまえば、対立するあらゆるものを、根源にもどって一つにしてしまうのである。（中略）師匠にも、仲間弟子にも、どこか変わった男（良寛のこと）だと見られていた内面に、中国の稀有な哲学者への憧れがあったとみてよいだろう」と水上はとらえる。

良寛はみじめな姿を故郷にさらした

そんな放浪中の良寛に、一つの大きな事件がどういう形でか伝えられた。父以南が京都の桂川に身を投げて死んだと。以南は傾きかけた名家を、良寛の弟の由之に譲って隠居し、俳句をたしなんで江戸や京都の文化人とも交遊を持っていたが、故郷に居づらくなったのか、俳人として生きようとしたのか、故郷を離れ、京にいた。

父の落魄《らくはく》と挙げ句の自死を知った良寛は、強い衝撃を受け、おそらく自分を激しく責めた。本来なら家をきちんと継いで、盛り立てていなければならない立場だったのに、その家を捨て、父を捨て、修行したとはいえ、何物にもなれず放浪の身。自分は一体これまで何をしていたのか。いまさらふるさとへ帰ったところで何もできはしないが帰ろう、帰りたい、帰らなければならない、そう良寛は思ったと想像されるのだ。でなければ四十歳を前に、あえてふるさとにその身をさらす理由が、私にはうまく説明できない。

水上はこんな現実的な見方をしている。一つは越後が穀倉地帯だったことから、「諸所で凶荒を眼にした良寛には、やはり、在所である出雲崎はなつかしかった。由之の住む家へ帰らなくても、どこか破れ庵に住めば、知人や友人もいる。いざという時は援助を求められる。まるきり他人の国々をまわるよりはいい」、もう一つは「芽生えている文芸への野心だ。（中略）文芸への執心は、のちに発見される和歌の数の多さが何より立証するだろうが、私には父以南の客死《かくし》から、文芸は良寛に強く根づいた気がする。（中略）禅境地を詩歌であらわせぬものか。そう考えてくると、静安な生活が何より必要となる。それには、どこにいるより、故郷に帰ることだ。弟のほかに知人も多少はいる出雲崎の村はずれで、歌と詩をつくる乞食《こつじき》三昧《ざんまい》に入りたい」

そうかもしれない。いずれにせよ、帰郷は出家者としては負けであり、老残の身とは言わないまでも、外見上は尾羽打ち枯らしたみじめな姿を、故郷の人たちにあえてさらけ出す道を良寛は選んだ。

良寛自筆の歌集『ふるさと』に、こんな一首が詠まれている。

　黒坂山のふもとに宿りて
「あしびきの黒坂山の木の間より洩《も》りくる月の影のさやけさ」

ようやく越後にたどり着いた。山の木々のしじまを洩れる月影が美しい。自分がどう見られようと構いはしない。恥も外聞もない。やっと帰れたふるさとである。それだけでいいではないか――。

　良寛は黒坂山の宿から故郷に入ったものの、生家の前は素通りし、誰にも知らせようとも近づこうともせず、郷本という村の海辺の塩炊き小屋（空き小屋）にひとまず身を寄せた。そこに住んでいると、あれは橘家の長男ではないかとうわさになり、実家の者がやって来て連れ帰ろうとしたが、良寛は頑として受け付けなかったようだ。

　やがて良寛は国上山《くがみやま》という山の中腹の、五合庵と呼ばれる空庵に居を構える。五合庵を勧めたのは、少年のころ通った塾で同門だった原田鵲斎《じゃくさい》という医者だった。原田は帰郷後の良寛を身近で見守り続けた人である。

良寛四十歳。やがてここを出なければならなくなるが、再び空庵となって定住がかない、五十九歳まで五合庵に住み続ける。良寛と言えば五合庵。

「いざここに我身は老いんあしびきの国上の山の松の下庵《したいお》」

「山かげの岩間をつたう苔水のかすかに我はすみわたるかも」

「夜もすがら草のいおりにわれ居れば杉の葉しぬぎ霰《あられ》降るなり」

五合庵の暮らしぶりを詠った詩歌は数知れず、孤独を身に染みて感じつつ、ある時はそれを愉しみ、ある時は耐えきれないとこぼし、自然の移ろいに目を向け耳を澄まし、生をつないでいる良寛がいる。

「孤峰　独宿の夜／雨雪　思い悄然《しょうぜん》たり／玄猿　山椒に響き（後略）」

山の庵に一人寝る夜は、雨まじりの雪が降り注ぐ。わが思いは独り、悄然としている。峰に

コロナ感染が一時収まった年の師走、五合庵のある山に上り、良寛の声に耳を傾ける（新潟県燕市国上）

猿の鳴く声だけが響いて、我はただわびしさに身を委ねて動かない、と心情をさらけ出した詩もある。
「このような孤独の、胸を噛むような苦しみが、はたして悟りの境地と言えるだろうか。良寛はふるさとで、没落する家族、死んで行く兄弟たち、そして貧困と病苦を身に担い、働こうともせず、また孤独を嘆きながら、ときとして自然の美しさにわれを忘れている。（中略）悲惨の中の栄光、不自由の中の自由、俗の中の聖なるものを見据えた良寛の生涯が、これらの詩の中にみごとに歌われている」と述べるのは、文芸評論家の栗田勇だ。（『良寛入門』祥伝社）
良寛はこうして年を重ね、老いていった。私は水上勉の『良寛』を読んだ後、そのふるさと越後を一度訪ねたが、五合庵には行っていない。五合庵に行きたい、できれば冬の雪の中の五合庵に、との思いを募らせたものの、コロナの感染が拡大し、歯止めがかからず、不要不急の外出は控えなさいとのお達しである。
越後の、しかも山の中なら人に会うこともなかろうと思うが、一帯は豪雪に見舞われているという。であれば春か。春の五合庵もいいかもしれない。とにもかくにもかの地に足を延ばし、良寛の息吹をじかに感じたかった。

良寛無一物の境涯に思うこと

私は自分自身がそうなので、よくわかるのだが、良寛という人は極めて内省的な人だったと思うのだ。内省的とは自分と向き合い、自分とは何か、自分は何のために生きているのか、人生はこれでいいのか、といった問いを常にしているということで、良寛は絶えざる自問自答を繰り返した。そうやって自らの立ち位置を確認し、諦念し、安心もした。それは残された多くの漢詩で読み取れる。

古希を過ぎて作られた、良寛愛読者にはよく知られた作品はまさにそうだ。

「首《こうべ》を回せば七十有余年／人間の是非　看破に飽きたり／往来　跡幽《かす》かなり深夜の雪／一《いっ》炷《ちゅう》の線香　古窓の下」

はや七十年以上を生き、人々があれが良いだこれが悪いだ言い合うのを見るのも飽き飽きした。深夜まで降り積もった雪に人の行き来の跡もかすかになり、私は一本の線香をたいて座っている、というのである。

良寛は社会のどこにも属さない、ただの人、益《えき》なき人、余計な人。江戸時代の階級社会にあっては、そんな人はいまよりも辛辣《しんらつ》な目にさらされ、無能者呼ばわりされたに相違なく、自分を確かめ、こうするほかなかったのだと納得させないといられなかった。

無所属、無一物に徹するとはいかに難しいことであろう。人はどうしたって物、財、家に執着するし、恥や外聞、経歴、地位、名誉にこだわる。よほど強靱《きょうじん》な精神と日夜の鍛錬がないと、とてもではないが良寛のようにはなれない。

そんな大愚《たいぐ》良寛の厳しくも寂しい生涯をたどってゆくと、何と晩年に至って、本人でさえ全く思いがけないことが起き、突如人生が花やぐのである。

年老いた良寛は、長年暮らした国上山《くがみやま》を下り、島崎の木村家の離れに移っていた。そこへ貞心尼《ていしんに》という尼僧が、長岡近くの古志郡福島村の庵から訪ねて来る。良寛七十歳、貞心尼三十歳。二人の交遊が始まり、それは良寛が死ぬまで続く。良寛の和歌や二人の贈答歌などを収めた冊子『蓮《はちす》の露』を、彼女は良寛の死後にまとめ、四十年もの間手元に置いた。いまは柏崎の市立図書館に保存されている。現物を見たことはないが、研究者が二人が交わした歌の一つ一つを詳《つまび》らかにしており、二人の間に恋愛の情がわき上がっていたことは確かなようだ。

貞心尼がどういう経歴の人で、なぜ良寛を訪ねたのかは大変興味深い。彼女は長岡藩の武家に生まれ、十七歳で貧しい医師の家に嫁入った。だが六年ほどで離縁し、二十三歳の女盛りで剃髪《ていはつ》した。歌詠みとして優れ、淋しい思いを歌に託して、一人福島村の草庵に暮らしていた。良寛のうわさを自然に耳にしたのだろう。良寛の書や歌に接する機会もあったのかもしれない。

会ってみたいとの思いを募らせ、峠を越えて木村家を訪れる。たまたま良寛は留守で、「これぞこのほとけのみちにあそびつつつくやつきせぬみのりなるらぬ」の歌と、手作りの鞠《まり》をおいて帰った。ここから二人の親交の幕が開き、互いの思慕はそれぞれの歌に大胆に、率直に込められ、「愛の相聞歌《そうもん》」と呼ぶほかないものを交わす。

私は良寛の孤独な、詩歌にわずかな慰めを見いだすほかなかった人生の終わりに、若い、しかも美貌とされる女性との出会いと情愛の交歓があったことに、泣きたいような気持ちを抱く。良寛の耐えに耐えた、モノクロームの境涯の締めくくりに、カラーの美しい色が付け加えられた、と思わずにはいられない。人生捨てたものではない。

「いついつと待ちにし人は來たりけりいまは相見て何かおもはむ」

最晩年の良寛の歌。貞心尼が駆けつけてくれるのを一日千秋の思いで待ち続けていたが、ついに来てくれて、互いに顔を見合わせている。こうしているだけで何も言うことはない。良寛はすでに死の病床に就いており、もう思い残すことはない、という充足が感じられる。

貞心尼はそのまま良寛の離れに住み込み、看病を続け、良寛を看取っている。良寛は愛する人に見守られ、安らかに旅立っていった。

「生き死にの境離れて住む身にも避《さ》らぬ別れのあるぞ悲しき」（貞心）「裏を見せ表を見せ

て散る紅葉《もみぢ》」（良寛）。これが二人の最後の唱和である。

水上勉の『良寛』に先導され、私は仕事の合間に書店、古書店をめぐり歩いて、多くの良寛に関する書物を買い求め、書棚に並べた。前述の栗田勇『良寛入門』をはじめ、中野孝次『風の良寛』『良寛の呼ぶ聲《こえ》』『良寛に会う旅』、唐木順三『良寛』、吉野秀雄『良寛和尚の人と歌』、高橋庄次『手鞠《てまり》つく良寛』、井本農一『良寛』、北川省一『漂泊の人　良寛』、瓜生卓造『良寛讃歌』、柳田聖山『沙門良寛』、松本市壽『野の良寛』、内山知也『草堂集貫華』、平沢一郎『良寛の道』、小林新一『良寛巡礼』などなど。いま、この中から幾冊か読み直す。

良寛の生涯に波乱万丈なところはなく、静かな、消え入るような生を送った人と言っていいが、多くの人が良寛に関心を抱き、吸い寄せられるようにかの地を歩き、良寛と対座し、それぞれの良寛を著している。これは良寛には深掘りする魅力があるからにほかならない。ではどんな良寛を描いているのか。

フランス文学者でありながら、仏教の祖師研究に定評のある栗田勇の『良寛入門』は、やはり良寛の生涯を追いながら、この人の最後をこうつづっている。

「老いを悼む歌というのが、『蓮の露』に残されている。

惜しめども　盛りは過ぎぬ　待たなくに　止めくるものは　老いにぞありける

（中略）

そのような自分を思うにつけても、何のために家を捨て、僧になったのであろうか。しかも、結局、僧にもなりきれなかった自分をみつめ、良寛は心に恥じる。だが、それでいいのではないか。それがありのままの人生なら、という率直さが、剝《む》き出しになっている。

淡い後悔を含めて、彼は老いを身に引き受け、天真に任しているのである」

別の著書では、良寛は曹洞宗の開祖道元の思想書『正法眼蔵《しょうぼうげんぞう》』の課題を現実に実現したとし、「彼は道元の痛烈な形而上学がいかに現実のものとして成立するかを身を以って追求した、或いは唯一の人だったかも知れない」とまとめている。

こんな慕わしい人がいてくれたか

お茶の水大学名誉教授で、中世・近世文学者の井本農一の『良寛』（上下、講談社学術文庫）も読みごたえがあり、「われわれは彼がやはり悩み苦しんだ人、しかも努力しつづけた人であることを見た。安易な逃避生活に安んじていた人ではないこと、また一足飛びに悟りの境地へ飛躍した人でもないことを見た。営々たる不断の営みがあったことを見た」とし、良寛の文学について、彼が「精神の世界に没頭しようとした激しい息遣いを聞いてこそ意味がある」と述べている。

また元相模女子大学教授で、西行、芭蕉、蕪村らの研究者の高橋庄次は『手毬つく良寛』

（春秋社）で、良寛の歌を詳細に分析して、良寛のそのときどきの心情に迫り、あとがきでは、良寛にとって故郷がいかに重い大きな存在であったか知る必要があると言う。

良寛の実像は、故郷の場でしか捉えることが出来ないなか、「故郷の凩《こがらし》の中を罪を背負って飄々とさまよい歩き、また故郷の草庵に雪中の孤心を沈めて、どこまでも故郷にとどまりつづけた。（中略）まるで法華経の法《ほっ》身《しん》をわが身体としたような、それはあらゆる迫害や辱めに耐えた自然体の詩歌僧良寛の姿であった。まさに『大愚』の肖像であった」と。

良寛と同時代の越後の文人に鈴木牧之《ぼくし》という人がおり、鈴木の残した雪国生活記『北越雪譜《せっぷ》』は、往時の雪国暮らしの大変さを「鳥

良寛の生地・出雲崎の町並みと、ごうごうと海鳴りのする冬の日本海。良寛と出会うには、独りゆかりの地を歩いて思うほかない（新潟県三島郡出雲崎町）

獣は雪中食無きを知りて雪浅き国へ去るもあれど、一定ならず、雪中に籠り居て朝夕なすは人と熊犬猫也《なり》」などと伝える。二百年前、雪国の冬を過ごすのはそれは厳しく、つらいことばかりだった。まして良寛は、山中の庵に独り暮らしたのだから、耐えがたい日々だったにちがいないが、冬が来る前に里の人たちからいただいた食料や衣類、自ら集めたであろう薪《たきぎ》などを大事に大事に使って、何とか命をつないだ。

「山かげの草の庵はいとさむし柴をたきつつ夜をあかしてむ」

寒くて眠れず、壁に向かって座り、書物を読んで夜が明け、太陽が昇るのをじっと待った。修行というほかなく、暖房器具の整った現代人の私らにはとても耐えられるものではない。だが良寛は生き抜いた。

作家の中野孝次は「老いの身のひとり暮しは、心の支えが崩れたら、はてしなくだらしなく堕ちてゆくだけである。そのことを知っているから、良寛は精神の力によって身を支え、生きていた。歌はその生きる姿の報告であった」と、『風の良寛』（集英社）で記している。

別の『良寛に会う旅』（春秋社）ではこうも述べる。「孤独に耐えるというのはそれだけでも大変なことだが、その中でさらにそれを充実させ、わが心を見つめる場とすることができたというのは、よほどのことである。（中略）良寛の詩や歌がいまなおわれわれを惹《ひ》きつけるのは、彼にあっては言葉がそういう孤独に耐えぬいた深みから湧いて来ているからに違いない」

良寛の生きた道をたどろうとする人、良寛の精神に近づこうとする人、心に触れようという人には文学者、作家、歌人ら以外に写真家もいる。出雲崎にしろ、国上山にしろ、五合庵にしろ、里にしろ、墓にしろ、良寛ゆかりの地は四季折々、写真で表現するのに適しているようなのだ。そこに人はいなくても、いやむしろ人が全く写っていないほうが、良寛という人が不思議なほどその一枚に投影され、物語を紡ぐ。

元毎日新聞写真部の平沢一郎さんの『良寛の道』（東京書籍）、フリーカメラマンの小林新一さん（故人）の『良寛巡礼』（恒文社）が手元にあるが、さすがにどの写真も素晴らしく、文章との一体感がある。平沢さん、小林さんとも良寛が好きで、良寛の心情に寄り添い、さらに越後の気候風土をわかったうえで何回も足を運んで撮っている。

平沢さんはこんなことを書いている。「新潟での取材を始める前に、私は彼に関する本を読みあさった。私は挫折し続ける良寛の姿に、その時の自分の境遇に似たものを嗅ぎ当てて親しみを感じていた。そして、少しづつその『柔』の中に秘めた真の『剛さ』や、彼の持つ本当の人間としての『やさしさ』といったものを感じていった」

最後、私は水上勉の『良寛』に戻り、「あとがき」の言葉を引いて、締めくくることにしたい。「誰もがそうだろうと思うが、和尚追跡の旅は、越後の海と山の風にふれ、孤独にわれをふりかえるしかないだろう。良寛はつまり、そういう存在なのである」

私は六十歳の定年に至ったとき、あと三年は新聞社勤めを続け、六十三歳で仕事人生にピリオドを打とうと決めた。六十五歳まで再雇用で勤める人が多数派となり、六十五を超えても生活との兼ね合いで勤め続ける人も出てきた。近い将来、七十まで働く時代が来るだろう。政府は「生涯現役社会」の表現で、（年金は少額しか出せませんから）動ける限り働いてください、人生の張り合いも持てます、と唱えている。少子高齢・人口減社会の実情はそれほどまでに厳しい。しかし、どこかで仕事にけりをつけないことには、自分の時間がないまま人生が終わってしまう。

私は良寛を再読しながら、人生にとって最も大事なのは肩書や名誉やお金では決してなく、精神の豊かさであって、慎ましやかに暮らしながら、自らの精神世界に生きることが正解なのだ、とあらためて感じた。

私はいま、四十年半に及んだ記者生活を終わらせ、一個の自由人になって、古民家暮らし、畑暮らし、もの書き暮らしをしている。良寛に会う旅にふらりと出られたのは令和三（二〇二一）年師走のことで、越後の山と海の冷たい風に吹かれ、五合庵に佇み、独り良寛さんの声に耳を傾け、それまでの六十三年の人生を静かに省みたのであった。

「生涯　身を立つるに慵《ものう》く／騰々《とうとう》　天真に任す／嚢中《のうちゅう》　三升の米／炉辺　一束の薪《しん》／誰か

問はん　迷悟の跡／何ぞ知らん　名利の塵／夜雨　草庵の裡《うち》／双脚　等閑に伸ぶ」

佐野　眞一

高度経済成長とは何だったのか

『遠い「山びこ」』

出典・平成四年九月刊　文藝春秋

世代間ギャップというものは、いかんともしがたいものがあって、いまの八十代、七十代、六十代には明らかにそれがある。八十代は戦前に生まれ、幼少期あるいは青春期に何らかの形で戦争を体験し、敗戦とその後の混乱期を記憶している。七十代の多くは戦後のベビーブームに生まれた「団塊《だんかい》の世代」である。戦争を知らない世代で、大学まで進んだ者はいわゆる学園紛争を展開した「全共闘世代」にも当たり、ベトナム戦争や日米安保に反対し、社会の変革を目指し、政治に関心が高かった。しかし、一旦社会に出ると、会社人間となって懸命に働き、妻と子どもは大方二人という家庭を築き、日本の高度経済成長を支えた。

六十代は学生運動があえなく終焉《しゅうえん》したあとの「三無主義」「四無主義」といった言葉に象徴された「しらけ世代」で、政治や社会に関心が薄く、昭和三十年代の日本が目に見えて豊かになってゆくなかで育って、七十代以上の人たちが身をもって知る貧しさを知らない。

この世代間の差は、それぞれが歌う歌でよくわかる。カラオケのマイクを握ったとき、八十代はほぼ一〇〇％演歌だが、七十代になるとそこにフォークソングが加わる。六十代はフォークも歌うが、ニューミュージックと言われる歌が中心になる。

私はあまりに忙しい新聞記者の仕事を丸十年で辞め、ほかの仕事に就いたものの、その仕事にやりがいを見いだせずにいた。そんな折、タイミングよく先輩から声がかかって松本市に本社のある市民タイムスに入れてもらい、三十二歳で再び記者生活を始めた人間である。そのとき、ジャーナリズムの基本姿勢というか、記者本来の仕事の意味を知っておく必要があると痛感し、立花隆をはじめ本多勝一、柳田邦男といった人の著書をまとめて読んだ。そこにはノンフィクションの物語が含まれ、ものすごく感動した二、三冊をいまも忘れない。

しかし、今回はそれではなく、ノンフィクションの中から、佐野眞一（一九四七～二〇二二）の『遠い「山びこ」』（文藝春秋）を再読してみた。

佐野眞一は現代を代表するノンフィクション作家だったのだが、橋下徹大阪府知事（当時）の評伝を発表した際、差別表現と過去の作品にもさかのぼって盗用・剽窃《ひょうせつ》問題が持ち上がり、すっかり評判を落としてしまい、令和四（二〇二二）年、静かに七十五年の生涯を閉じた。とはいえ、私にとっては『遠い「山びこ」』のほか、『旅する巨人　宮本常一と渋沢敬三』『東電ＯＬ殺人事件』など、読み始めると面白くてとまらなくなった作品が幾冊かあって忘れ難い。

『遠い「山びこ」』は、いまから七十年以上前の昭和二十年代、山形県の寒村の中学校に新卒で着任した無着成恭という教師が、四十三人の生徒たちと取り組んだ作文教育が、東京のジャーナリズムの目にとまり、「これこそ戦後民主主義教育の金字塔」と称され、大変な評判を呼んで、映画まで作られたものの数年で消し飛んでしまった、その後の無着と生徒たちそれぞれが、どう生きたかを追った物語である。

私が「無着成恭」と口にすると、年配者はその名を大概記憶していて「ああ、あのラジオの『子ども電話相談室』の回答者だった無着さん」とうなずく。だが「『山びこ学校』の無着先生」と言うと、「山びこ学校?」と首をかしげる。無着は当時の生徒たちに作文を書かせることで現実を見つめ、問題意識を持たせて解決策を導き出そうとした。文章の巧拙ではない、いわば生活の記録としての作文。それを文集『きかんしゃ』にし、卒業までの三年間で十四冊出した。『山びこ学校』はこの『きかんしゃ』から抜粋したもので、マスコミによる命名だ。

佐野が『遠い「山びこ」』の執筆を思い立ったのは平成二(一九九〇)年六月。山形県の山元村(当時)を訪れ、無着と四十三人の生徒たちの四十年後の取材を始める。無着はすでに六十代、生徒たちは五十代半ばにさしかかっていた。無着は令和五(二〇二三)年七月二十一日九十六歳で亡くなり、生徒たちも八十代後半に至り、鬼籍に入られた人も多い。

私は『遠い「山びこ」』を読み返し、深い感慨に沈まざるを得なかった。それは彼ら彼女らが中学生だった昭和二十年代の東北の山村はあまりに貧しく、昔からの働いて働いて、それでも現金収入はわずかという暮らしがそのころも続いていて、いまの生活からはとても想像できないものだったということが一つ。信州の山村も変わらなかったはずで、わが郷土もわが家も貧しかったのだ、とあらためて認識させられた。

もう一つの感慨は、彼らが卒業後に到来する高度経済成長とは一体何だったのか、私たちはその時代に何を得て、何を失ったのか、ということである。この経済成長期が人生のいつ訪れたのかによって、それぞれその後の生き方に隔たりや価値観の相違を生じさせる。八十代、七十代、六十代の世代間ギャップを考えるとき、高度経済成長という時代の荒波を何歳ころかぶって、いまに至っているのかが重要になる。高度経済成長とは、それほど大きな出来事だった。

『山びこ学校』は懐かしくて切ない

『山びこ学校』を取り上げた新聞・雑誌は昭和二十六（一九五一）年だけで百紙を超えたという。それらの書評で最も称賛されたのが江口江一という生徒が書いた「僕の家は貧乏で、山元村の中でもいちばんくらい貧乏です」の書き出しで始まる「母の死とその後」と題する作文であった。

江一の家は資産家だったが、明治末期に繭の仲買いに失敗して財産をなくし、当時三反《たん》の畑と屋根に大きな穴が開いたぼろ屋だけ残されていた。江一は五歳のときに父を病気で失い、病身の母と年老いた祖母、江一を頭に三人の子どもがいるという家庭環境にあえいでいた。母は江一が早く中学を卒業し、大黒柱になってくれることを望みに病身に鞭打って働いていたが、江一が二年の秋に病の床に就き、江一は母の看病と家の仕事でしばしば学校を休んだ。「医者にかかるとゼニがかかる」と拒む母を説得し、村でただ一軒の診療所に運んだのは二カ月後、それから十一日後に母は死ぬ。まだ五十歳にもなっていなかった。

死の直前、村の人たちが協力して家の仕事を手伝ってくれたことを江一が伝えると、いままで一度も笑ったためしがなかった母が突然ほほ笑んだ。「今考えてみると、お母さんは心の底から笑ったときというのは一回もなかったのではないかと思います。（中略）それが、この死ぬまぎわの笑い顔は、今までの笑い顔とちがうような気がして頭にこびりついているのです。ほんとうに心の底から笑ったことのない人、心の底から笑うことを知らなかった人、それは僕のお母さんです」

母の死後、江一の弟、妹は親戚にもらわれて村を離れ、江口家は江一と祖母の二人暮らしになった。無着は江一が少しでも学校に通えるよう、江一に計画表を作らせたうえ、クラスのリーダーの佐藤藤三郎に「なんとかならんか」と持ちかける。藤三郎は「できる。おらだの組はできる。江一が学校にこれるようになんぼもできる」と言い、同級生たちは土曜の放課後、江一の家にやって来てたきぎ運びや雪囲いを手伝う。江一の作文はこう結ばれている。

「お母さんのように貧乏のために苦しんでいかなければならないのはなぜか、お母さんのように働いてもなぜゼニがたまらなかったのか、しんけんに勉強することを約束したいと思っています。私が田を買えば、売った人が、僕のお母さんのような不幸な目にあわなければならないのじゃないかという考え方がまちがっているかどうかも勉強したいと思っています」

この作文は昭和二十五年の文部大臣賞を受賞することとなり、十一月三日の文化の日、東京・神田の教育会館で行われた授賞式に、江一は無着に引率され、級長の藤三郎とともに臨んでいる。

そのころの東北の村々がいかに貧しかったかを伝える山形新聞や朝日新聞山形版の記事がある。それによると、昭和二十九年の県内中学校の長期欠席者百六十二名中、五十名は人身売買された者であることが判明したとし、人身売買のうち、八割以上に相当するのが売春関係だと報じている。

無着は「百姓は馬鹿でもなれるから私は百姓をするつもりです」「父が年をとったので、私はなるべく学校を休んで働くようにしたいと思います」などと作文に書く生徒たちに頭を抱えながら、どうしたら生活が少しでも良くなるのか考えさせ、議論させ、それをまた作文に書かせて、綴り方教育を深めていった。

やがて卒業式を迎えるが、四十二人の生徒のうち、高校に進学するのは男子の四人だけで、卒業式の日、生徒たちの半数は上履きもなく素足だった。藤三郎が卒業生を代表して答辞を読んだ。「はっきりいいます。私たちはこの三年間、ほんものの勉強をさせてもらったのです。たとえ、試験の点数が悪かろうと、頭のまわりが少々鈍かろうと、（中略）私たちが中学で習ったことは、人間の生命というものは、すばらしく大事なものだということでした。（中略）骨の中心までしみこんだ言葉は『いつも力を合わせて行こう』ということでした。『なんでも何故《なぜ》？と考えろ』ということでした。そして『いつでも、もっといい方法はないか探せ』ということでした」

無着は出来上がった『山びこ学校』を卒業記念として四十三人全員に贈った。雪の中で手をかじかませている少年少女の絵の表紙の見返しには、山元村の地図を描き、四十三人の家を描き込み、一人一人に墨書きの一言を添えた。藤三郎のそこには「藤三郎、迷ったらもう一度ここから出直しだ」と書いた。

藤三郎は上山農業高校に進み、卒業後は農業に就く傍ら、『山びこ学校』を継承するような生活記録運動や青年団活動に関わった。だが、これでは農業者は報われないと考え、自然科学の知識を身に付けなければ駄目だと上山農業学校に再入学、朝夕の農作業をこなしながら通学した。

この時代の詩作や農業簿記を駆使した村の農業経営の分析調査をまとめた処女作『二五歳になりました』をはじめ、藤三郎は多くの本を著した。『山びこ学校』の代表者のような存在として生きるのだが、本人の胸中は複雑で、無着が村から脱出して東京で教師生活を送ったようには行かず、農民の子弟として村にしがみついて苦闘を続けた。

「筋金入りの百姓」として生きるべく考えに考え、さまざま試み、本も書いた藤三郎だったが、子の代に農業を残そうとはしなかった。高度経済成長期の村の衰退とともに、自分の代で農業を終わらせることを選んだ。子どもには農民の苦労を味わわせたくなかったのである。

私にはそんな藤三郎の生き方が、農家の長男として家を継ぎ、果樹組織のリーダーや農協の専務理事も務めた亡き父の姿に重なる。わが家も父の代で農家ではなくなった。父は私に農家を継げとは一言も言わず、自分が動けなくなる前に広いリンゴ・ナシ園の木を全部切って草原にし、田んぼは地元の営農組合に貸してソバ畑とした。私は毎年秋、リンゴの収穫時に手伝う程度で、ほとんど家のことは父に任せ切りで勤めに専念し、おかげで好きな仕事を全うすることができた。「定年帰農」ではないが、農業に目が向き、畑仕事に汗するようになったのは、父没後のここ数年である。

高度経済成長とは、農家を農家でなくさせ、農業をここまで衰退させた始まりだった。農家一軒一軒はその技術と文化を次の世代に継承せず、断絶させた。日本の急激な工業化による経済発展、つまりは物が豊かになり、生活が便利に快適になってゆくのを目の当たりにし、それを良しとして受け入れ、多くの人が勤めを選んだことが、農業を農家をなくさせた。生活の観点からすれば、それは向上にまちがいなく、お金を稼いで家族を養ったうえ、老後の生活を安定させる点においても正解だったろう。

しかし、平成の三十年を経て少子高齢化・人口減少社会が到来したいま、何か大きく欠けてしまったものがある。経済大国としての力が失われつつあるなか、食料もエネルギーも外国に頼り続けることができるのか。せめて地域の食料自給率を上げ、地産地消体制を整える必要があるのではないか。

話を『遠い「山びこ」』に戻そう。一躍スター的存在に駆け上った無着成恭は、教師仲間や村人からそっぽを向かれて村を離れる。日本作文の会で知り合った教師のつてで、東京の私立明星学園に就職し、ここで無着は「山びこ学校」の実践で明らかになったテーマを乗り越えようとするのだが、東京の親たちが教師に望んだのは、受験勉強を指導してくれて、より有名な大学に合格させてほしいということで、時代もまたそれを求めていた。点数教育と学歴社会を是とする厚い壁の前で、無着は明星学園在籍の二十七年間、彼らしい教育がほとんどできないまま教師生活を終える。

講演会活動を経て、成田空港に近い千葉県の田舎町の福泉寺という曹洞宗の寺の住職に収まった無着を、佐野は執筆当時ここを訪ねて、彼の心境を聞き出している。「藤三郎君はある意味で『山びこ学校』の、いや時代の犠牲者ではなかったかと思います。時代と最初に取り組んだ当事者は、決して報われないものなんです」「僕の今の気持ちは江口江一君と同じです。僕は宗教生活に生きることで、『母の死とその後』を僕なりに懸命に生きているんです」

佐野は物語のまとめとして、「山びこ学校」は偏差値教育が始まる直前に、山形県の僻村で行われた奇跡的な教育実践だったとし、「高度成長前の日本は、たしかに貧しく、人びとの生活は悲しいまでにつましかった。(中略)『いつも力を合わせていこう』『かげでこそこそしないでいこう』『働くことがいちばん好きになろう』という無着の言葉が、何の疑いもなく信じられた時代があった。その事実に、われわれは教育の何たるかを殴られるように教えられて、胸をつかれるのだろう」と記している。さらにこうも。「現在の日本の教育のありようを見るなら、教育の高度化とは、農業を荒廃させたばかりか、肝心の教育さえ、もう手の施しようのないほど荒廃させてしまったのではないか」

私は山形県のその村を訪ねてみたい気もするが、いまさら行ってみても、何かを発見するということはないだろうと思う。山村の変わりようはどこも似たり寄ったりに相違ない。遠い「山びこ」の声に耳を傾けながら、自分がこの地でこれからを生きるうえで、どうすることが一番いいのか、いいと思える実践をささやかながらするほかない、と考えている。

『旅する巨人』

出典・平成九年七月刊　文藝春秋

民俗学者というと、ほとんどの人が『遠野物語』の柳田国男を想起するにちがいない。柳田のほかは誰、と言われても思い浮かばず、かつての私もそうだった。佐野眞一の『宮本常一と渋沢敬三　旅する巨人』（文藝春秋）を読むまでは。「大宅壮一ノンフィクション賞受賞」の帯に目がとまってこの本を求めたのか、佐野の著作をすでに何冊が読んでいて、その流れで買ったのか判然としない。どちらにせよ、私は『旅する巨人』によって、宮本常一《つねいち》という民俗学者の名を初めて知った。四十歳ころのことである。

思えば、この四半世紀の間に時代の風は大きく変わった。時代の風とはこの国の私たちを取り巻く状況のことで、一口に言うと、少子高齢・人口減少が顕在化し、この流れに全く歯止めがかからない。いまや女性の半数が五十歳を超え、もうすぐ国民の三人に一人が六十五歳以上になる。十年後には三軒に一軒が空き家と化し、二十年後には自治体の半数が消滅の危機に瀕《ひん》する。現役世代が先細りする一方、増え続ける高齢者を支えられるのか。社会保障費の膨張は避けられず、年金・医療制度は維持できるのか、などと考え出すと不安にかられて仕方がないが、宮本常一の人生、残した足跡とは直接関係ないので、ここで深入りするのはやめる。

宮本は戦前から戦中、戦後の高度経済成長期に、日本の津々浦々を歩きに歩き、山村漁村のありようを文章と写真で記録し、古老などから話を聞き出して物語にまとめ、晩年印象的な一文を残した。それは四十年以上を経てなお、これからの時代を生きる根本的な問いとなり得ると思うので、まずここに示したい。

「私は長いあいだ歩きつづけてきた。そして多くの人にあい、多くのものを見てきた。その長い道程の中で考えつづけた一つは、いったい進歩というのは何であろうか、発展というのは何であろうかということであった。（中略）失われるものがすべて不要であり、時代おくれのものであったのだろうか」「多くの人がいま忘れ去ろうとしていることをもう一度掘りおこしてみたいのは、あるいはその中に重要な価値や意味が含まれておりはしないかと思うからである。しかもなお古いことを持ちこたえているのは主流を闊歩している人たちではなく、片隅で押しながされながら生活を守っている人たちに多い」（『民俗学の旅』講談社学術文庫）

「いったい進歩というのは何であろうか」。これは宮本が長い旅の末にたどり着いた疑問であり、われわれ現代人への遺言、もしくは警鐘と言っていいのではないか。

宮本常一は明治四十（一九〇七）年に山口県の周防《すおう》大島に生まれた。昭和五十六（一九八一）年に七十三歳の境涯を閉じるまでに、合計十六万キロ、地球を四周するほどの行程を大方自分の足で歩き続け、それは誰も見向きもしないような村々、島々まで及び、貧しくも勤勉に生きた民の話に耳を傾けた。旅の日数延べ四千日、泊めてもらった家は千軒を超えたという。汚れたリュックサックにコウモリ傘をつり下げ、ズック靴で歩く姿は、しばしば富山の薬売りに間違えられた、と佐野は記している。

私たちがイメージする学者の調査旅行は、大学の夏休みか何かにゼミの学生たちを引き連れ、ホテルに宿泊して、聞き取りはもっぱら学生に任せるといったものだが、宮本の旅は全く違って、節約に節約を重ね、可能な限り自分の足で歩くという、それは過酷な、身を削るような道行きだった。体は決して丈夫ではなく、結核の再発におびえ、旅先で倒れることも一再ならずだった。にもかかわらず、辺境の村の古老から「あんたの前にここに来たのは、江戸の菅江真澄という人じゃった」との話まで聞かされている。

そこまで宮本を突き動かしたものは何であったのか。旅に生涯を捧げるその原点はどこにあるのか。佐野の『旅する巨人』と、続編『宮本常一が見た日本』（ＮＨＫ出版）の中から考えてみたい。

宮本が幼いころ最も影響を受け、のちに民俗学を志すきっかけを与えたのは、祖父の市五郎だった。宮本は八、九歳ころまで市五郎から寝物語におびただしい数の昔話を聞いた。市五郎は大工として一度周防大島を離れるが、郷里に帰って農業に生きた。島では一度出稼ぎに出ないと、男も女も一人前に扱ってもらえなかった。宮本がふるさとの郷土史に書いた文章には「旅から旅をわたりあるく人たちを世間師《しょけんし》といった。『あの人は世間師だから物知りだ』というように周囲から評価されていた。若い時旅をよくして五十歳をすぎて戻ってきて百姓をしている人に対して、この言葉は使われていたようである」とある。

父の善十郎の存在も大きかった。宮本は尋常高等小を卒業後、島に残ったのだが、父の弟の勧めで十五歳のとき大阪に出て通信講習所に通うことになる。大正十二（一九二三）年春、みんなに見送られて島を離れるとき、父はこれだけは忘れないようにと、宮本に十カ条のメモを取らせた。

汽車に乗ったら窓から外をよく見よ。新しく訪ねた村や町では必ず高いところへ登って見よ。時間のゆとりがあったら出来るだけ歩け。これから先は親に孝行する時代ではなく、親が子に孝行する時代だ、そうしないと世の中はよくならぬ。人の見残したものを見よ、そのなかに大事なものがある。焦ることはない、自分の選んだ道をしっかり歩くことだ――ほか。父もまた行く先も告げずふらり旅に出るような性分で、旅で多くを学んだ「世間師」だった。十カ条はどれもうなずける。宮本はこれらの言葉をよく胸に刻み、後年民俗学者として実践する。

「人をとろかすような宮本の笑顔のよさは、彼と接した人間の誰しもがいうところである。だが、宮本は反面、極端に人間ぎらいな一面をかくしもっていた。（中略）のちに妻も子も郷里に残して旅から旅に暮らすのも、一つには、こうした相矛盾する性格を内面にかかえこんでいたためだった。宮本の旅には、人間に対する旺盛な探究心と、俗世から離れたいという漂泊の思いが混在していた」と佐野は分析している。宮本の中には元々、芭蕉ではないが「漂泊の思ひやまず」の血が流れていたと言えよう。

もう一つ、宮本には農山村を歩き回るうちにわかったことがあった。名もなく懸命に生きて死んでいった圧倒的多数の農民、漁民たちこそが日本の生活と文化を築き上げてきたのであり、それを掘り起こし、記録することが何より大事であると。自分が生涯をかけて成し得る仕事はこれだと確信したことが、旅の大きなエネルギーとなった。『民俗学の旅』にこんな文章がある。

「実は私は昭和三十年頃から民俗学という学問に一つの疑問をもちはじめていた。ということは日常生活の中から民俗的な事象をひき出してそれを整理してならべることで民俗誌というのは事足りるのだろうか。神様は空から山を目じるしにおりて来る。そういうことをしらべるだけでよいのだろうか。（中略）いろいろな伝承を伝えてきた人たちは、なぜそれを持ち伝えなければならなかったのか。それには人びとの日々いとなまれている生活をもっとつぶさに見るべきではなかろうか。民俗誌ではなく、生活誌の方がもっと大事にとりあげられるべきであり、（後略）」。これは柳田国男ら先学に対する宮本の問題提起であると同時に、「宮本学」を確立する自信にみちた第一歩であった、と佐野は述べている。

そんな宮本にとって、最重要人物との出会いが昭和十（一九三五）年四月にある。二十八歳の宮本が参加していた大阪民俗談話会の会合に、何の前触れもなく渋沢敬三が顔を出したのだ。渋沢は当時三十九歳。第一銀行の常務を務める傍ら、民俗学に関心が強く、民俗学者として名前が知られる存在だった。突然の訪れは自らが主宰する民俗研究所「アチック・ミュージアム」に、有能な人材を入所させるのが狙いだった。

宮本はこの初対面から四年半後の昭和十四年十月、アチック入りを決意し、東京に向かう。苦労して師範学校を出て教師の資格を得、青年教師として子どもたちに慕われていた。結婚し、家庭もあった。にもかかわらず、小学校を退職、妻と一歳の長男を大阪に残し、生活苦を覚悟のうえで上京した。

渋沢敬三とはどういう人物かというと、「日本資本主義の父」と称された渋沢栄一の孫で、幼いころから渋沢家の家長となるべく教育され、事業の継承発展を義務づけられ、その多大な重圧を背負わされていた。民俗学研究は唯一、重苦しい肩書きから逃れ、自分を取り戻せる場所だった。

『旅する巨人』で私は、この渋沢の戦中、戦後に至る苦難の歩み、公職（日銀総裁、大蔵大臣）における悲劇的な立場と、「戦犯」となっての追放、家の没落、妻からの一方的な離縁、昭和三十八年六十七歳での死去を知るにつけ、こんな人もいたのかと驚き、同時に慕わしさを覚えた。

渋沢は、決してえらぶった大財閥のトップでも、庶民を小馬鹿にしたような、上から目線の政治家でも、中身がないのにプライドだけは異様に高い、エリートお坊ちゃんでもなかった。宮本に伝えた言葉の数々や、公職を追放される際、戦争責任を認めて公に頭を下げ、独り蟄居《ちっきょ》したさまなどがそれを証明している。

実は宮本は師範学校時代の恩師から、満州新京に開学した建国大学入りを勧められ、気持ちがそちらに傾いていたときがあった。渋沢は宮本を呼び、こう言った。「君は師範学校しか出ていないので、満州に行っても条件は決してよくないだろう。君には学者になってほしくない。学者はたくさんいる。しかし本当の学問が育つためにはよい資料が必要で、民俗学はその資料が乏しい。君はその発掘者になってもらいたい。苦労ばかり多くて報われることは少ないが、君はそれに耐えていける人だと思う」「どんな偉い学者に対しても偶像崇拝になってはいけない。学界でも中心に居てはいけない。いつも少し離れたところに居るべきだ。そうしないと、渦の中に巻きこまれて、自分を見失う」「日本文化をつくりあげていったのは農民や漁民たちだ。その生活をつぶさに掘り起こしていかなければならない。多くの人が関心をもっているものを追及することも大切だが、人の見落とした世界や事象を見ていくことは、もっと大切なことだ」云々。

宮本はこれらの話を聞きながら、自分の生涯の師と生涯のテーマを得た、と奮えるような気持ちになった、と佐野は書いている。ここから宮本のすさまじいばかりの旅、旅、旅の人生の幕が開くのだが、宮本を本気にさせた渋沢のもののとらえ方と、人を見抜く目の確かさには感服せざるを得ない。

渋沢邸にはアチック同人のほか、朝鮮から日本に勉強にきた学生たちも暮らしていた。官憲から「アカ」としてマークされた者も幾人かいた。渋沢は有名、無名、国籍を問わず、学問を志す者たちを支えた。

晩年の渋沢に、宮本が学界のために使われたお金は一体どれくらいになりますか、と尋ねたとき、渋沢は「さあ、五億円くらいになるだろうか」と答えた。それは現在の紙幣価値だと、五十億円を軽く超える。だが、経理を担当した者の話では、お金を湯水のごとく注ぎ込んだのではなく、原稿用紙等の備品に至るまで渋沢のチェックが入り、宮本の旅の費用もかなり節約を強いられるものだった。つまり、それだけ大勢抱えていた。

戦中、アチックは所員の相次ぐ出征で開店休業状態に陥り、宮本は大阪の妻子のもとに帰るのだが、そのときの渋沢の言葉は正鵠《せいこく》を射て胸に染みる。「君は足で歩いて全国の農民の現状を見てきた。私は君に対してしなければならないと思うことは一通りした。どのようなことがあっても命を大切にして戦後まで生き延びてほしい。敗戦に伴ってきっと大きな混乱がおきるだろう。今日まで保たれてきた文化と秩序がどうなっていくかわからない。だが君が健全であれば、戦前見聞きしたものを戦後へつなぐ一つのパイプにもなろう」

戦時下、日銀総裁に担ぎ出されて国債を濫発し、戦後は大蔵大臣としてハイパーインフレの処理に当たった渋沢は、自らの責任を潔く認めて退き、資産のほとんども失った。茅屋《ぼうおく》に引きこもるなか、宮本の旅だけはしばしば同行した。ひたむきに生きる農民たちの姿をつぶさに見て、「うん、大丈夫だ。日本はもう一度立派に立ち直れる」と、うれしそうに口にした渋沢を宮本は記憶している。

宮本常一を知らずして民俗学は語れない

私は『旅する巨人』『宮本常一が見た日本』を再読後、宮本自身が著した『忘れられた日本人』（岩波文庫）や『民俗学の旅』を久しぶりに手に取って、この人の真価はどこにあるのか、何を伝え、何を残したのかを考えている。不思議なことに、宮本は戦争と敗戦に伴う国家観、天皇観、主義主張の大転換を何事もなかったかのように乗り越え、全くと言っていいほど引きずっていない。空襲によって聞き書きしたノート百冊、原稿一万二千枚、その他資料を一瞬にして失うという苦い体験もしているというのに。

宮本常一は戦前、戦後を通して何一つぶれておらず、戦争などなかったかのように、庶民の暮らしぶりを掘り起こし、記録し、後世に伝えることに徹した。時には振興策を説き、人々を励ました。「人間は伝承の森だ。人間に向かって歩け」。宮本を貫く固い信念がこの言葉に象徴されているように思われる。

日本は敗戦から復興を遂げ、高度経済成長によって世界に冠たる経済大国に上り詰め、私たちは食料や物があふれ返って困るほど豊かで、便利で、清潔な生活を手に入れた。長寿もかなった。

日本列島を隅々まで実地調査した宮本常一には『塩の道』と題する作品もある。各地の塩の道を通して、庶民の生活誌を詳らかにした（信州白馬村に残る「塩の道」と山里）

ところが少子・高齢化を招き、この先、人口は減り続け、もはや歯止めが利かない。経済大国の落日は明らかで、一億総中流の時代は終わり、格差社会は進んで、一部の富裕層と多くの下流層に分かれるとされる。若者たち、いや老人までスマホにかじりつき、周りや自然などに関心を払わず、人間同士のつながりは希薄になり、さらなる効率化、機能化を追求してやまない。増える不登校や引きこもり、不気味な事件にはたじろぐばかりでなすすべもない。物の豊かさと自由、個人の権利を求めた結果が、いま私たちが直面している、こうした現実なのである。

宮本の残した文章を読み、写真を見るにつけ、私は名状しがたい思いにとらわれる。高度経済成長以前の日本と日本人に、どうしてこんなにも懐かしさを覚えるのか。人々の営みは、なぜこんなにもけなげで、にぎやかで、自然の中に息づいていたのか。子どもたちは外で遊び回り、その顔は屈託なく楽しそうではないか……。この半世紀の間に私たちはこれらを失った。同時に代々受け継がれ、伝承されてきた文化も消し去った。

これで良かったのだろうか。宮本は晩年『あるく　みる　きく』と題した雑誌を発行した。歩いて見て聞いては、取材の基本中の基本だが、何も取材に限らない。自分の足で歩いて体感し、自分の目で見、耳で聞く。世間を知り、仕事をしてゆくとは、本来そういうものだ。だが、現代はスマホ一つあれば、瞬時に情報は手に入り、わかったような気になる。本当はわかっていないのに。

長く地方新聞の記者をやってきた私もまた、自分のこの足で歩き、この目で見て、記事にしてきただろうかと振り返るとき、そうとは言えないことに気づかされる。また、農業者だった父から何一つその伝統技術を受け継いでおらず、文化が私の代で断絶してしまったことにがく然とする。父のほうも私に引き継がせようとはせず、何も言わないまま逝ってしまった。

これで良かったとはどうしても思えない。四十年余の勤めを辞め、初老に至った私はいま一人畑にいて、亡き父の働く姿を思い出し、ようやく父と会話している次第である。佐野は宮本常一、渋沢敬三の評伝を書き終えたあとがきで、「この列島にもかつては、誇るべき日本人、美しい日本人がいたという、ある意味できわめて単純な事実」に気づかされたとし、「名誉や栄達を一切望まず、黙々と日本列島のすみずみまで歩いた宮本常一も、豪邸を物納して平然と〝ニコ没〟生活に甘んじた渋沢敬三も、宝石のように輝いている。それにもまして、まだ庶民という言い方が通用していた時代にこの国に生きていた人々の語る言葉と、自他へのふるまいは、日本列島がかろうじてすこやかさを保っていたことを物語るように、つましく美しい」と振り返っている。

高度経済成長期前までの生活は貧しく、不衛生で、いかにも雑然としていた。家族、親族の結びつきはやたらに強く、隣近所は運命共同体で、力を合わせなければ田植えも収穫も葬式も何もできなかった。それらはもう六十代以上の年配者の記憶の中にしかなく、貧しさ自体が決していいわけではないから、郷愁ゆえに美しいのだ、と言われればそうかもしれない。

だが、立ち止まらなければ、どんどん過ぎ去る時の流れの中にあって、私はせめて宮本常一という市井《しせい》の民俗学者がいたこと、その宮本を支えた渋沢敬三という経済人がいたことを忘れないでいたいと思う。貧しさを脱したい、物が豊かな生活をしたい、との一人一人の欲求の総量が、いまの社会をつくり上げたのはまちがいないが、その経済最優先の生活は人間として大事なもの、美しいものを失わせ、孤独感、閉塞感、無力感を引き寄せてしまったのも確かである。

宮本常一のひたむきな歩みと優しいまなざしは、遠くに押しやったものの中に、光り輝く〝宝石〟があったことを気づかせてくれる。

『てっぺん野郎』

出典・平成十五年八月刊　講談社

作家で政治家の石原慎太郎が令和四（二〇二二）年二月、八十九年の生涯を終えた。スマホによるニュース速報でそれを知った瞬間、私は「あっ、石原慎太郎が死んだ」と思わず声に出していた。少なからず衝撃があった。当夜のテレビ各局のニュース番組はその死をトップで報じ、彼の華やかな人生を振り返った。翌日の新聞各紙も一面、社会面などで大きく扱った。

しかし、以後は追悼番組・記事とも全くと言っていいほど組まれず、コロナの感染状況や北京冬季五輪のニュースばかり目についた。「石原慎太郎追悼」と題した映画『太陽の季節』（モノクロ）が、日本映画専門チャンネルで放映されたくらいだったのではないか。

作家としての石原慎太郎は、デビュー作にして芥川賞受賞作の『太陽の季節』をもって代表作と言われるように、多大な業績を残したわけではない。では政治家として優れていたかというと、首相の座は射止められず、東京都知事を十三年半務めたものの、ずば抜けた功績はなく、失政も多かった。にもかかわらず、石原慎太郎は戦後日本を代表する、体現する一人であり、その存在は大きかったと感じさせるところが、この人にはある。

正直に告白すると、私は石原慎太郎の小説を、『太陽の季節』すら熟読していない。読む気が起きなかった。石原作品は私の中に意味を成しておらず、政治家としての石原慎太郎も評価の対象にない。それなのに、彼の死は私に喪失感をもたらした。若さの権化だったような石原慎太郎も年を取り、余生を送る年寄りとなって、しばらくして鬼籍に入ったのだが、私は彼には百歳までも生き続け、煮ても焼いても食えぬ「暴走老人」を極め、「まだ生きていたのか。相変わらずだな」と思わせてほしかった。

佐野眞一の本を急きょもう一冊再読したのはほかでもない、佐野が石原慎太郎の評伝『てっぺん野郎　本人も知らなかった石原慎太郎』（講談社）を二十年近く前に上梓し、私はそれを読んで、へえー、石原慎太郎とはそういう出自の人だったのか、そんな知られざる逸話があったのか、と認識を新たにしていたからだ。

若者や中年の人たちが抱いた石原慎太郎のイメージはえらぶった、言いたい放題、やりたい放題の石原都知事であったり、憲法改正を唱える超タカ派の、ファシスト顔負けの石原慎太郎だったりするのだろうが、私は少々異なる。政治姿勢・信条は全く相容れないけれど、石原慎太郎という人は、戦後の日本において選ばれし存在であって、本人もそれを過剰なまでに意識し、晩年に至るまで賞味期限切れを来さないよう時には劇的に、時には慎重に演じ続けた人だと思っている。

彼について書かれた本や記事は膨大な量にのぼり、かの田中角栄や美空ひばりについて記されたの量に匹敵するとされるが、角栄やひばりは死んだあと引きも切らず出て、ブームを起こしたのに対し、慎太郎はそうはならなかった。生きている間だけの存在感だったとすれば、やはり寂しい。作品を再評価する必要はないかもしれないが、石原慎太郎なる人物を検証する意義はあるのではないか。

石原慎太郎は昭和三十一（一九五六）年、短編小説『太陽の季節』で芥川賞を受け、文壇に登場した。当時彼は一橋大学在学中の二十三歳。小説はボクシングに憑《つ》かれた高校生が、銀座で引っかけた派手な女性に翻弄されつつ、やがて彼女を屈服させ、最後は中絶手術の失敗で死に至らせるというストーリー。そこには青臭い若者の無軌道な性に加え、マイカー、ヨット、別荘などが登場して、戦後の日本人が平和と自由を実感しつつ、年々豊かになってゆく時代を先取りしたものが描かれていた。

文壇の評価は真っ二つに分かれた。その年の一月に開かれた芥川賞選考会の席で、授賞を積極的に支持したのは石川達三、船橋聖一、井上靖。不支持は丹羽文雄、佐藤春夫、宇野浩二で、滝井孝作、川端康成、中村光夫が消極的だが支持に回って、結果六対三で選ばれた。

「気負ったところ、稚さの剝《む》き出しになったところなど、非難を受けなくてはなるまい。しかし如何《いか》にも新人らしい新人である。この作者は今後いろいろな駄作を書くかも知れない。

傑作を書こうとする意識はこの人の折角の面白い才能を委縮させるかも知れない」（石川達三）、「問題になるものも沢山含みながら、新鮮さには目を見張った。私自身の好みではないが、のびのびした筆力と作品にみなぎるエネルギーは小気味いい」（井上靖）、「作者の鋭敏げな時代感覚もジャーナリストや興行師の域を出ず、決して文学者のものではない。美的節度の欠如しか感じられず、嫌悪を禁じ得なかった」（佐藤春夫）、「一種の下らぬ通俗小説であり、性の遊戯をできるだけ淫猥《いんわい》に露骨に書いているところは、時代に迎合している。案外に常識家と思われる作者が、読者を意識して、わざとあけすけに書き立てているように思われる」（宇野浩二）、「未完成がそのまま未知の生命力の激しさを感じさせる点で異彩を放っている。この背徳小説の作者は、本人が意識しているよりきれいな心の持ち主に違いない。私は授賞に賛成しながら、なにかとりかえしのつかないむごいことをしてしまったような、うしろめたさを一瞬感じた」（中村光夫）、「若々しい情熱には惹かれるものがあった。しかし同時に読後、わるふざけというような、感じの悪いものも残った。今後は器用と才気にまかせず、尚勉強してもらいたい」（滝井孝作）ほか。

いずれも石原慎太郎なる青年の本質を言い当て、その後の彼の人生を予言するような感想、意見であったことに驚かされる。

この作品と作者の出現は、文壇の衝撃にとどまらず、「太陽族」「慎太郎カット」の流行語を生み、社会現象を巻き起こした。昭和三十一年は、「経済白書」が冒頭で「もはや戦後ではない」と記述したように、日本と日本人が敗戦から立ち直り、復興の十年を経て高度経済成長期に突入する年に当たる。「太陽族」のような若者が現れ、またそれに憧れ、大人は戦争の影を引きずらない世代の出現に眉をしかめながら、そのドライさ、奔放さに驚き、期待も込めた。消費とレジャーが大衆化してゆく時代が訪れようとしていた。

『太陽の季節』が旋風を巻き起こすのは、作者の石原慎太郎があっと驚く長身、ハンサム、それまでの作家のイメージを脱却していたことプラス、映画化されたことが大きい。慎太郎の弟裕次郎は、『太陽の季節』は脇役でのデビュー（慎太郎が日活にお願いして、弟を出演させてもらった）だったが、続く慎太郎原作の『狂った果実』では主役に抜擢され、裕次郎ブームに火がつく。それから四年の間に裕次郎は何と三十四本の映画に出演し、レコード六十四曲を吹き込み、映画全盛期の昭和三十年代の押しも押されぬトップスターに駆けのぼった。

慎太郎、裕次郎兄弟の〝ヒーロー物語〟の幕はこうして上がった。佐野の『てっぺん野郎』は前半、二人の両親、とりわけ父親の人生を掘り起こし、それが『太陽の季節』にいかにつながっていったかを描いて興味深い。

それによると、父親の石原潔は明治三十二（一八九九）年、愛媛県の八幡浜に隣接する長浜町で、六人きょうだいの三男として生をうけた。父信直は警察官だった。潔は高等小を出て、旧制宇和島中に進学するものの、なぜか一年で中退し、山下亀三郎経営の山下汽船に就職した。

亀三郎は長浜町近くの村に生まれ、十六歳で郷里を出奔、石炭商などを経て一艘《そう》の英国船を手に入れ、大正六（一九一七）年、山下汽船を興した。時勢に乗って「海運王」と呼ばれる立身出世を遂げた人物。潔は「店童」（商店で言えば丁稚《でっち》）の身分で山下汽船に入社し、宿と食事は確保してもらえるが、給料は一切ないという下働きから、のし上がっていった。昭和二十六（一九五一）年、会議中に脳溢血で倒れ、五十一歳で亡くなったときは、子会社の常務だった。大酒飲みだが、後輩たちの面倒見が良く、亀三郎に見込まれ、取り立てられていた。

潔は樺太出張を皮切りに神戸、北海道小樽、神奈川県逗子と転勤し、神戸時代の昭和七（一九三二）年に慎太郎、九年に裕次郎を授かる。潔が渡り歩いた地はいずれも港町や別荘地で、日本の伝統に依拠したような古い町ではなかった。佐野は石原慎太郎という人間がつくり上げられる原点に、この新興の港町があったとし、「慎太郎が身辺に漂わせるどこか粗野で乾いた印象は、義理や人情といった日本的センチメンタリズムが希薄で、収奪する者と収奪される者とのぎらついた関係がむきだしになった風土で育ったことと、おそらく無縁ではない」と分析している。

佐野は、小樽で慎太郎と同時代に小学教育を受けた労働運動研究家に取材し、慎太郎について語らせている。その人はこう述べる。「小樽は実力だけが重んじられるはっきりした町なんです。慎太郎さんの言動には、戦時中の『少年倶楽部《くらぶ》』の人気読み物だった冒険小説のにおいが強く感じられます。あの頃の仮想敵国は米国と英国。慎太郎さんはジョンブルをやっつけろ、という教育を徹底的に叩きこまれたはずです。国や組織を守ったという殉職の精神がすごく評価され、それが頭に染みこんでいると、俺も英雄になろうという気になる。慎太郎さんは子供の時の体験や教育から抜け切れず、原体験で突っ走っているようなところがある。これはある種、たいへんにわかりやすい」

潔の突然の死によって、逗子の石原家の家計は火の車と化した。慎太郎は十九歳の湘南高生。裕次郎は慶応高を目指していたが、受験に失敗し、慶応の予備校的な慶応農業高生で、勉強など眼中になく、放蕩《ほうとう》の限りを尽くしていた。女遊びと大酒を食らう日々。当時の裕次郎が描いた異様なスケッチ画と詩が残されており、佐野はこれを見て、裕次郎は画才も文才も、慎太郎以上にあったのではないかと思ったという。この「わずか六年後、一点の曇りもない、まさに太陽のようなナイスガイとしてスクリーンに登場し、戦後、いや日本映画史上最大の国民的スターとなった男の姿を連想するのはきわめて困難である」と書いている。

慎太郎は名門の湘南高時代、一年間休学していて、「気狂いじみた頻度で行われるテストと、その度に発表される全学年中の成績順位に、殆《ほとん》ど誰しもが反撥と屈辱を味わいながら毎日を送ったものだ。そして遂に高校二年の時、私はどうにもやり切れなくなって、胃腸病の回復不充分という口実で家にも学校にも一方的に休学を宣して檻から逃走した。（中略）今まで読むことを強いられていた教科書参考書をすべて投げ出して、自分の読みたいものだけを読み、描きたかった絵を描き、はたから見れば自堕落だろうが実は精神的には今までのいつよりも緊張し勤勉な時を過ごした」と振り返っている。

彼はただの秀才お坊ちゃんではなかった。復学後は一学年年下と同級となったため、クラスには馴染まず、同級生たちに強い印象を残していない。

この時代の特筆すべきは、慎太郎、裕次郎兄弟が父の潔からヨットを買ってもらったことだろう。慎太郎は後年ベストセラーとなった『弟』の中で、興奮覚めやらぬ感じで回想している。「その買い物は当時の湘南地方では、当時の金持ちの親馬鹿が子弟に買い与える外国製の高級車などとは全く違う意味合いのステイタス・シンボルだった。それが出来る私たちは家柄や財産なんぞに関わりなしに、湘南にあってはまぎれもなく選ばれた者だった。…あの一隻の小さなヨットは大袈裟ではなしに私たち兄弟の人生の形を決めたと思う。いってみればあれは、小さなヨットに託して父と母の裁量で行われた私たちの第二の出生、私たち兄弟の進水だった」。

そんな船出が父の死で暗転する。母光子は家財を売り払うまで追い詰められ、裕次郎はぐれにぐれ、家長となった慎太郎は、東大仏文科に進む夢を諦め、一橋大で当時できたばかりの公認会計士の資格を取って、一家を支える選択をせざるを得なかった。

石原慎太郎は『太陽の季節』で、颯爽《さっそう》とデビューを飾ったことにちがいないけれど、作品は裕次郎の放蕩ぶりをモデルとし、そうはなれない慎太郎のもどかしさ、家長意識が背後に見え隠れするという。既成概念にとらわれない、自由奔放な若者たちを描きながら、自身はむしろ歯止めをかける側にいた。作品は発表当初から、若い人が書いたのか年長者が書いたのかわからない、との声が随分聞かれたそうである。

夜九時近く、芥川賞受賞の知らせを電話で聞いた慎太郎は全身突き抜けるうれしさが走り、降りしきる雪の中、体をほてらせて逗子の家に帰り、母と手を取り合って泣いた。翌日、受賞の感想を求められると「最少の投資で、最大の利潤をあげたようなもの」とのコメントを発表するが、この最大の利潤は、本人の想像をはるかに超えた利潤をもたらし続けたのであった。

慎太郎と裕次郎は、父親が大企業の役員まで務めた、湘南富裕層の恵まれた兄弟のイメージが強い。だが事実は異なり、父は四国の田舎の高小卒の叩き上げで、豊かな生活を享受した時代があったとはいえ、長続きしなかった。貧困の恐怖におびえながら、天賦の才に恵まれた慎太郎は小説を書き、強運と時代の風に乗って、一代で今日の石原家の隆盛を築いた、いわば成り上がりなのである。弟裕次郎との相乗効果があったことは言うまでもない。

石原慎太郎は戦後日本を映す鏡だった

彼の政治家人生は、昭和四十三（一九六八）年夏、参院選に自民党から出馬し、史上初の三百万票を得てトップ当選を果たしたときに始まる。三十五歳でのこれまた派手なデビュー。四年後、参院議員を辞し、衆院選に東京二区から出て当選、中川一郎らと憲法改正や田中金権政治の打破を唱えた党内タカ派の政策集団「青嵐会」を立ち上げた。その二年後、東京都知事選に出馬するも、現職の美濃部亮吉に敗れ、……平成七（一九九五）年には国会議員在職二十五年表彰の国会演説で突然の議員辞職表明、そして四年後の都知事選に出馬し、今度は当選。四期目の途中に辞職し、「太陽の党」を設立、当時の橋下徹大阪市長の日本維新の会と合流して、衆院選で国政復帰した。野党再編を巡ってたもとを分かつと、自主憲法制定を掲げる「次世代の党」を結成し、衆院選に出馬するも落選、これが潮時と政界を退いた。八年ほど前の出来事である。

華々しいというか騒々しいというか飽きっぽいというか、いかにも慎太郎らしい足跡だが、国会議員としての彼は、一度自民党総裁選に出て、海部俊樹に惨敗した例に見られるように埋もれた感が強い。権謀術数渦巻く党内にあっては、言動が真っすぐ過ぎ、人心掌握に至らず、結局のところ首相の器ではなかったのだろう。

「IQ（知能指数）が低いな」「憲法なんて認めない」「日本は堂々と戦争したっていい」「ああいう人って人格あるのかね」「恥をかくのはてめえの方だ」「シナ」「三国人」「ババア」……。慎太郎が公の場で放った暴言は枚挙にいとまがない。その度に関係者や良識人からモーレツな反発を買い、世間を騒がせたものの、一方で口には出せない本音を言ってくれたと、その毒舌が彼の人気の源泉であった点も否めない。

「公約なんて、実現可能なことは言わないものです。実現できなかったときに支持率が落ちるだけだから。（公約は）オッと思わせることが大事なんです」。佐野は慎太郎のこの言葉を取り上げ、「政治手法の真髄が露骨なほど語られている。人びとの耳目を集めることにプライオリティーの重きを置いた慎太郎独特のポピュリズム的政治手法は、二〇〇〇年二月（都知事時代）に突然発表した外形標準課税の導入に最も端的に表れている」と述べ、慎太郎には既成政党やエリート官僚に対する根強い不信感があって、それらを含め日本人が自分の中に押し込めてきた「負の感情」とわかちがたく結びついて支持されてきた、と説く。

佐野は自民党長老だった松野頼三からも慎太郎評を聞き出しており、かなり正鵠《せいこく》を射ているように思える。松野は「（石原慎太郎の）世間の評価は買いかぶりだね。（買いかぶるのは）その都度、はっきりものを言うからなんだ。（ファシストだという指摘に）危険だとは思いませんね。君子豹変するほうだよ。実利的な男だからね。自己顕示欲が強くて、中曽根康弘の若い頃に似ている。けれど、中曽根のほうがずっとイデオロギーがあった。このまま（都知事のまま）でいい。遠くから眺める石原慎太郎で一生終わるほうがいい」云々。

慎太郎、裕次郎兄弟には、父潔が最初に結婚し死別した妻との間にできた子（異母兄）が実はいて、その男性に佐野は会って『てっぺん野郎』に何度か登場させている。また、既婚後の慎太郎が新劇女優と熱愛（自らも『老いてこそ人生』の中で告白している）し、彼女の晩年に一度見舞った話、オカルト世界への傾斜、強い弟愛、裏腹の裕次郎コンプレックス、三島由紀夫との交遊、三島割腹自決への率直な思い、盗作を疑われて時の総理佐藤栄作に泣きついた一件、密約と裏切り行為、隠し子が発覚し家族会議が開かれたことなど、『てっぺん野郎』には、まさに石原慎太郎のアナザーストーリーがつづられ、その〝素顔〟が浮き彫りにされている。

私は『てっぺん野郎』の再読と並行して、慎太郎の自叙伝『歴史の十字路に立って　戦後七十年の回顧』（ＰＨＰ研究所）と、エッセー『老いてこそ人生』（幻冬舎文庫）を読んでみた。

『歴史の十字路に立って』では、文学は現実に対し無力と知り、小説執筆に飽き、ベトナム戦争取材体験を経て、この国に生きる自分に何ができるかを問うて政治を志したこと。七十年続いたわが国の平和は、アメリカに支配された「奴隷の平和」であり、その平和の毒は、世代を超えて継承しなくてはならぬ理念や価値観を歪めてしまったこと。日本を愛し、日本の将来を心配して、自分なりに努力してきたつもりだが、片思いに終わり、力至らなかったことを吐露している。

『老いてこそ人生』は、この人には最も似つかわしくない題名だが、慎太郎もついに斜陽の季節に至って自らの老いを見つめ、その孤独やら味わい深さをつづったかと思いきや、違った。老いを「人生そのものの仕上げの一番成熟充実した季節と心得て」、もう年だとあきらめず、迎え撃って「こちらから仕掛けていけば、こんなにやり甲斐生き甲斐のある人生の時は他にあるものではない」などと、あくまで〝強者〟の論理を貫く内容だった。

サッカー、ヨット、ゴルフ等、若いころからスポーツで徹底的に体を鍛え、裕次郎が酒で命を縮めたのに対し、自分は時間があれば体を動かし節制した。そんな肉体が発する言葉に耳を傾け、精神との健全なバランスの中でやってきて、七十歳のいまは朝、持病の腰痛を防ぐ入念な体操に始まり、テニスや水泳もやり、運動不足を感じれば夜五キロのジョギングをしていると、いかに健康に気遣っているか細かに記している。決して豪傑ではなく、むしろ繊細で神経質な人なのだ。

締めくくりは、老いを拒否して自決した三島由紀夫を引き合いに、生きている限り老残は人生の必然、死は最後の未知なのだから、「目をそらさずに自分の最終点にまぎれもなく在るものについて、それはいったい何なのだろうかと考えてみるといい」と述べている。自分は老残を覚悟のうえで、生き切ると宣言しているようである。

これを書いて十九年後に没した石原慎太郎とは、何者であったのか。七十歳当時、読売新聞の文化面の企画「こころの四季」に登場し、取材記者が当人の語り口調でまとめている紙面の切り抜きが私の手元にある。その中で慎太郎は、「私にとっては小説を書くことも、政治をすることも表現という点では同じで、感性の結晶の仕方の違いです」と言い、欄外の記者の質問に「本当の職業は何かと問われれば、人生家」と答えている。

八十二歳で政界引退を表明した会見では、「さばさばした気持ち」としながら、「憲法を一文字も変えられなかったことが心残り」と、持論の現行憲法破棄へのこだわりを見せ、「いつ死ぬか知らないが、死ぬまで言いたいことを言い、やりたいことをやって人から憎まれて死にたい」と〝石原節〟で締めくくっている。

石原慎太郎は、政界引退後の最後の数年間ペンを離さず、出発点の作家に戻った。ペンを離さずと言えば、長き政治家時代も決して離してはいない。その意味では彼は終生作家だった。ただ文学作家の枠には収まり切れず、政治の表舞台に立って、この国を変えたい、動かしたいと念じた。自分という人間を人目にさらし、毀誉褒貶《きよほうへん》さまざまな評価を得ていないと満足できなかった。自己の内面を静かに深く掘り下げるタイプの作家ではなく、自らの感性にしたがって行動し、その感性に響かなくなると投げ出して次に向かい、大勢の人がそれをどう見ているか常に意識し、そうした行動体験を書く作家だった。

自分は選ばれた人間であり、見られる側の人間なのだから、この人生という一回限りの舞台で思う存分演じ、見たい、見たいと集まった観客たちを魅了してやろうと思っていたに相違ない。うっとりされれば優越感に浸り、拍手が大きいほどうれしく、そっぽを向かれればこんちくしょうと拳を握りしめ、「暴走老人」と言われるならそれもよかろうと、最後まで演じ切って「どうだ！」とばかり死んでいったのではなかったか。

長い物語『てっぺん野郎』の終わりで、佐野眞一は「（慎太郎の）賞讃と嫌悪の花嵐を浴びながら戦後を疾駆したその存在自体が、一際《ひときわ》鮮明な像を結んでいる」とし、「嫌悪にせよ期待にせよ大衆が封じこめた欲望を映し出しつづけてきた鏡だった。その鏡には、戦後の時間の堆積が、走馬灯のような光と影を宿しながら、まぎれもなく投影されている。慎太郎刈り、『若い日本の会』、三島由紀夫の自決、田中角栄、青嵐会、美濃部との東京決戦、裕次郎の死、『三国人』発言……。それらにまつわる記憶は、覗《のぞ》く角度によって大きく変幻する万華鏡のように、自分の中の鏡に像を結ぶ」とまとめている。

石原慎太郎という存在そのものが、戦後日本を折々映し出してきた鏡であり、私たちはそれを見てあんな出来事もあった、そんな時代だった、あのとき自分はこうしていたなどと懐かしく、あるいは苦々しく思い出すというのだ。

「作家が死ぬと時代が変わる」は、『中央公論』の編集長を務めた粕谷一希さん（故人）の本の題名で、けだし名言である。ここで言う作家とは、三島由紀夫や司馬遼太郎ほか大作家を指すのだが、石原慎太郎が死んでそう言っていいかどうか。ただ「戦後」という総じて明るい、豊かな時代が幕を下ろしかけているのは、これはまちがいない。

私が石原慎太郎の死に喪失感を覚えるのは、昇った太陽は時間の経過とともに真昼を過ぎ、斜陽のときを迎えて、しまいには没するのだという必然の運命を、あらためて確認させられたこと、慎太郎がさまざま体現し、自分も六十何年生きてきた戦後も、近く終わりを告げるのだなと実感したこと、それが大きい。

森本　哲郎

旅とは神の声に応じること

『そして文明は歩む』

出典・昭和五十九年五月刊　新潮社

ドイツの哲学者・ニーチェは、読むべき書物とはどういうものかについて、こう述べた。
「読む前と読んだあとでは世界がまったくちがって見えるような本。（中略）読んだことでわたしたちの心が洗われたことに気づかされる本。新しい知恵と勇気を与えてくれる本。愛や美について新しい認識、新しい眼を与えてくれる本」（『超訳　ニーチェの言葉』ディスカヴァー・トゥエンティワン）

私にとって、元朝日新聞記者・編集委員で評論家の森本哲郎（一九二五〜二〇一四）の数多《あまた》の書物は、まさにそういうものであった。三十代の前半、私は松本市に本社のある新聞社に入社し、新聞記者の仕事を再開していた。報道記者としてまた多忙な日々が始まったのだが、前の新聞社のときのように一〇〇パーセント仕事に没入せず、八割程度にとどめて、残り二割は本を読もうとひそかに心に誓いを立てた。

本と言っても小説、エッセーではなく、ルポやノンフィクション、評論、評伝の類い。その中の著者の一人に森本哲郎がいた。森本は記者時代、ヨーロッパなど外国取材をする機会が度々あり、記事とは別に本にまとめて出版していた。五十一歳で朝日を辞め、評論家になった後も、次々本を出し、私が最初に書店で手にしたのは『文明の旅―歴史の光と影―』（新潮選書）だった。

開くと「オランの朝焼け」「バビロンの丘で」「ギリシャのながい影」「ピラミッドの夕陽」「インドへの道」「デンマークの一夜」「スペインの遺書」といった項目が目に飛び込んできて、この著者は世界各地を歩き回り、実際に見てこれを書いたのだとすぐわかった。現役の記者と知り、自分との差にがく然とし、大新聞と地方新聞は、これほどまでに違うのだと感じた。だが、読み始めてそれ以上に痛感させられたのは、自分の視野は一地方の狭い範囲に限定され、知識も問題意識も歴史観もほとんどないに等しく、これではどうしようもない、との思いだった。いまさら世界を旅して歩くことも、歴史書を通読することもできないならば、せめてこの人の本を読み、旅を疑似体験するなかで自分なりの歴史観、世界観を持ちたいと考えた。

森本は『文明の旅』の締めくくりに次のように記している。「自分たちの生活だけが生活なのではない。世界にはさまざまな人間が、それぞれの国で、いろいろな生活をしているのだという発見、『ほかの人たちと自分たちとの間に存在する心理的な距離』の実感、これこそが歴史への第一歩なのだ」としたうえで、「旅というものは、自己中心的な世界像を修正する。世界を旅して今さらのように思い知らされるのは、こんなにもたくさんの国々で、人びとが、こんなにもちがった生活をしている、という当惑である。（中略）当惑はやがて人間の生活様式、思考方法、それらをひっくるめて『文明』への省察へと導く。海外旅行は、いやでも『文明の旅』とならざるを得ない」

いま振り返って、私が森本哲郎の本から学んだのは、ニーチェの指摘ではないが、読む前と後で世界が違って見える視野の広がりであり、世界旅はかなわないまでも旅への憧憬である。たんまりお金を持って、どこか風光明媚《めいび》な場所に出かけ、その景色や建造物を見、いいホテル・旅館に泊まっておいしいものを食べ、温泉に浸かり、抱えきれないほどの土産物を買って帰る観光旅行とは正反対の、自分の内なる声にしたがって、やむにやまれず遠い地に足を運ぶ旅。それこそが本当の旅である、と意識づけてくれたのが森本哲郎であった。

『そして文明は歩む』（新潮社）は、昭和五十五（一九八〇）年初版発行とあるから、『文明の旅』から十年以上が経過して上梓《じょうし》されている。世界への旅を続けながら、各地の古代文明遺跡に佇み、それぞれの文明の特徴と意味を考え、現代科学文明の行き先を見ようとした力作で、著者の代表作の一つと言っていい。

書き出しは「夕日の美しい場所は世界いたるところにあるが、私が立ち会ったかぎり、どこよりも素晴らしい落日の美観を見せてくれた街はイスタンブールだった。（中略）イスタンブールの入日の素晴らしさは、地上から失われる太陽をよそに、何万という群衆が薄明のなかにうごめき、人間の世界をありのまま橋のたもとに現出させているところにあるからだ」である。

森本が素晴らしいと感じるのは、大自然における壮麗な夕日ではなく、無数の人々が落日の逆光や黄昏の中に映し出される、自然と人間の織りなす風景だ。人々はふつうに日常生活を営んでおり、それを異国の旅人たる森本が眺めて、ひどく心を動かされているわけで、彼の思索はここから始まる。

森本によると、世界の文明は「多」の文明、「ゼロ」の文明、「一」の文明、「二」の文明、「三」の文明、「万《よろず》」の文明に分類できる。この数字はそれぞれの文明が抱いている神の数を指し、文明は宗教と分かちがたく結びついて、神々の数が文明の性格を形づくっているとする。

オリンポスの神々がパルテノンに結集してつくり上げたギリシャ文明は、まさしく「多」、そのギリシャ文明に挑戦したキリスト教文明と争ったイスラム教文明は、唯一の神しか認めない「一」、宇宙をつねに陰と陽の二元的な思考で構築する中国文明は「二」、一神教でありながら三位一体を説くヨーロッパのキリスト教文明は「三」、インド文明は多神教文明とは違い、すべてをのみ込んでゼロ化してしまう「ゼロ」、八百万《やおよろず》も神々を持ち、自然と一体化を見る日本は「万」の文明ではないかと。なるほど、言われてみればそんな気がしてくる。

森本は各文明の象徴的な場所を巡り歩く。そして終章で「それぞれの民族がそれぞれの魂によってつくりあげてきた多元的な文明は、地球そのものを吹きとばしかねないまでに成長した科学によって、ついに無性格な機械文明にとって代わられてしまうのだろうか」と問い、それはないと予測し、「機械に自分たちの魂を奪われるのではなく、機械に自分たちの魂を吹きこむことによって、人間は『現代』の『科学技術』が生みだした不気味な『機械』文明を乗りこえてゆくにちがいない」とまとめている。

彼がこう書いたときから、すでに四十年以上が経過し、世界の科学技術、情報技術はさらに進化した。それぞれの民族は続いているが、それぞれの魂は引き継がれているのだろうか。日本のみならず世界的に宗教の衰退が言われる。われわれは現世がすべてとなって、神や来世、あの世を信じなくなっている。これからもそれぞれの文明は歩み続けるのか、それぞれの魂を何ものかに刻みつけるのか、私には正直なところわからない。

人はなぜ孤独な旅に出るのだろう

文明が何千年という長い旅を続けていまがあるように、その文明を築き上げた人も長い旅に出て宗教や学問や技術を伝え続けてきた。かつて交通機関が発達していない時代、人は旅に出ようとすると、自分の足に頼らざるを得なかった。鉄道が敷かれ、汽車に乗れば目的地近くの駅まで行ける時代になっても、そこからは歩くことを強いられ、旅は苦労の連続だった。飛行機に数時間乗れば、外国の地に下り立つことができる現代の私たちの感覚とは、まるで違うものだった。

にもかかわらず、昔から旅に出る人はいくらでもいて、客死もしばしばというか、当たり前だった。それを覚悟のうえで出立したのだ。なぜ？　森本の『神の旅人――パウロの道を行く――』（新潮社）に、その答えの一つを見いだせる。

これは副題にもあるように、イエスに導かれ、イエスの声を伝えるために二万キロの旅に、自らの生命をかけた聖パウロの歩いた道を、森本なりにたどった紀行である。

最初に「片雲の風にさそはれて、漂泊の思ひやまず」して、「おくのほそ道」に旅だった俳聖芭蕉の話が出てくる。何もかも捨て、最後は持っていた経典まで焼き捨て「一代聖教みなつきて、南無阿弥陀仏になりはてぬ」の言葉だけ残して旅に死んだ遊行聖《ゆぎょうひじり》一遍のことも引用したうえで、パウロの道に分け入る。「ハランの荒野」「ダマスクスへ」「アテネに向かって」「カイザリアの波音」「道はローマに通ず」……。

「キリスト教はユダヤ教を基盤としつつ、ユダヤ民族の特殊性を脱ぎ捨てることによって普遍性を身につけ、カトリック、すなわち普遍宗教へと成長して行った。そして、その普遍化への大事業をなしとげたのが、いうまでもなく、〝神の旅人〟パウロであった。（中略）彼こそまさしく、一粒の麦であった。その種子が、この世界をどう変えていったか、歴史がすべてを告げている」と森本は述べ、パウロの旅の終着点は「愛」だったとして、パウロの言葉でこの著書を締めくくっている。

——どんな戒《いまし》めがあっても、結局「自分を愛するようにあなたの隣人を愛せよ」ということの言葉に帰する。愛は隣り人に害を加えることはない。だから、愛は律法を完成するものである。（パウロ「ローマ人への手紙」）

それにしても人はなぜ祈り、歩くのだろう。歩いた先に何が見えてくるのだろう。「洋の東西を問わず、偉大な宗教家が旅にその生涯をかけたことが、旅の本質を何より雄弁に語っている」と森本は言う。「その原点は疑うべくもない。旅とは神の呼び声に応じること」にほかならないとし、その神の呼び声とは何なのか、何を求めて歩み続けるのかは「一言でいうなら、正しく生きよ、ということである。よりよく生きたいという欲求である」とまとめている。

残念ながら今日に至るまで、私はこういう旅をしたことがない。神の呼び声が聞こえないからなのか、その声に耳を傾けようとして来なかったからなのか。そもそもほとんど旅をしていない。森本の何十分の一でもいいから旅に出て、いまからでもより良く生きてみたいと再読して思う。

森本哲郎「世界の旅」の中で、もう一冊私に印象深いのは、現地で彼が撮影したカラー写真がふんだんに用いられた写文集『遙かなる道』（クレオ）。これも目次の「新世界への航路」「アレキサンダーの夢」「ブッダロード」「シナイ彷徨」「ハンニバルの挑戦」「七不思議探訪」「遠い故郷への挽歌」といった文字を追うだけで、一体そこはどこで、どんな人々がいて、何が写され、つづられているのだろうとわくわくさせられる。

その中の「桃源郷の誘《いざな》い」は、中国の詩人・陶淵明が描いた「桃花源《とうかげん》」、すなわち桃源郷（ユートピア）を探し歩いた一章。もちろん架空の世界なので、中国のどこにもそんな場所はないのだが、森本はある日、中国の地図を広げていて、あっと声を上げる。有名な洞庭湖の西

水牛で田起こしする中国・成都郊外ののどかな田園風景。日本が失った農村の原風景がまだ残されている。文明の発展とは何かを思わずにはいられない

に、「桃源」と名づけられた町があったのだ。しかも沅江《げんこう》という川が流れており、淵明による武陵の漁夫がさかのぼって行った川とはこれではないか、と森本は矢も盾もたまらず、桃源への旅に出る。

ところが、湖南省の省都・長沙から何時間もバスに揺られて行ってみると、桃源はごくありふれた中国の小さな町に過ぎず、「桃源郷」の名の人工的な公園が造られて、観光客であふれ返っているだけだった。それから三年、森本は本当の「桃花源」は、湖南省から湖北省にかけての山々が連なる場所に「武陵源」という地名があり、ここではないかと教えられて、中国の友人と武陵源に向かう。川沿いの道は桃林ならぬ一面の菜の花畑が続き、友人が「ここです」と言ったのは、張家界《ちょうかかい》と呼ばれる中国きっての秘境だった。

森本は深山に踏み込み、谷川を渡り、崖を縫って歩いた。だがいくら歩いても淵明が記した桃の林も、やっとくぐれる洞穴も夢のような村もなかった。「そこは、私の胸にあった牧歌的な農村風景とは、およそかけはなれた深山幽谷だったが、ふと、振り返って見上げると、この世のものとは思えない姿の峰々が、谷川に沿って連なっており、そのところどころに桃がひっそり咲いていているのだった」

私は陶淵明という詩人が好きで、『陶淵明全集（上）（下）』（岩波文庫）をずっと手元に置いている。それは一九九〇年の第二刷発行のものだから、買い求めたのは森本哲郎を読み続けていた時期である。ということは、森本によって淵明の存在を教えられたに相違ない。新聞記者に戻り、人生再スタートを切った時期とも重なる。

淵明はいまから一六〇〇年ほど前、六十二歳まで生きた人。栄利を望まず、ふるさと廬山《ろざん》のふもとの自然と、琴と書物をこよなく愛した「田園詩人」「隠逸詩人」のイメージが定着しているけれど、淵明の本当の隠棲は四十二歳からで、それまでは家族を養うための「仕官」の生活と、静かな自給自足の「帰田」の暮らしの間を揺れ動いた。悩みに悩み、行きつ戻りつの末、自分の声にしたがって清貧の暮らしに入った。

「園田の居に帰る」はそのときの作。「若いころから世間と調子を合わせることができず、生まれつき自然を愛する気持ちが強かった。ところが、ふと誤って世俗の網に落ち、あっという間に十三年の月日がたってしまった。世渡りべたな持ち前の性格を守り通して田園に帰る」と訳される詩。有名な「帰りなんいざ／田園将《まさ》に蕪《あ》れなんとす　胡《なん》ぞ帰らざる――」の「帰去来の辞」も四十二歳のときに作られた。淵明の詩、生き方はのちの中国の詩人たち、日本の文人たちの多くに愛され、今日に至る。

私は記者への復職がかない、人生を仕切り直したにもかかわらず、本音では陶淵明に憧れていた。その後三十年の歳月を要して、私はまさに淵明に倣って故郷の田園に帰り、晴耕雨読の暮らしに入ることができた。

森本哲郎は『中国詩境の旅』（ＰＨＰ文庫）の中で述べている。「私はずいぶんあちこちを旅した。そしていまなお、さまざまな異国への旅をつづけている。私はべつに『道』を求めているわけではない。ただ、いろいろな人びとの世界に入って行きたいだけなのである。だが、旅をすればするほど、道は渺渺《びょうびょう》として多蹊《たけい》に困《こう》じ、そして日本へ帰りつくと、いつも夕陽《せきよう》はわが西にある」と。

私もまた生家座敷にいて、これを書いているが、陽はすでに西に傾きつつある。

『日本の挽歌』

出典・昭和五十四年十二月刊　角川書店

実は私は東京・杉並の森本哲郎邸を訪ねている。四半世紀前のことだ。当時私は『環境―二十一世紀へのリレーゾーン』と題し、さまざまな環境問題をテーマに、チームを組んで新聞連載を手がけており、その一つ「都市環境」について、森本哲郎にインタビューを申し込んだ。森本は世界中の都市を旅して、都市の在り方、景観について専門家ではないけれど、日本の都市もこうあるべきだとの見解を持っていた。

自宅に電話を入れると、その新聞をまず送ってほしいと女性秘書の方に言われ、郵送後少しして連絡が来た。「森本が取材を受けると言っています」。私はうれしくて飛び上がった。約束の日時に森本邸の玄関前に立ち、ブザーを押す瞬間のドキドキ感ときたら、それまで経験したことのないものだった。記者の大先輩であり、憧れの人であり、その人を前にきちんと質問できるのか、途中で気分を害されたらどうしよう、といった不安にかられたのだ。

秘書に応接間に案内され、待っていると、不思議に緊張は収まった。「お待たせしました」。えんじ色のタートルネックを着た森本が送っておいた新聞を手に姿を現し、「ああ、この形（タブロイド版、ふつうの新聞の半分の大きさ）は、パリのル・モンド紙がそうだね。ル・

モンド紙は何が起きても文化面をはずさない。それだけパリの文化を大事にしている。君の新聞もそうであってほしい」といきなり言われた。このあと、森本の辛辣《しんらつ》な新聞批評が展開されるのだが、根底に新聞愛、新聞への期待、信州松本から訪ねて来た後輩記者への優しさが感じられ、私はずっと聴いていたい気がした。

本題のインタビュー時間は三十分ほどだった。それよりも書斎を見せていただき、まだ何も書かれていない原稿用紙と、世界の旅の中で買われたのだろう奇妙な面などが置かれた机についてもらって、雑談しながら写真撮影したことが忘れられない。何千、いや何万冊の本が床から天井までぎっしり並べられた書庫でも写真を撮らせてもらった。持参した森本の写真文集『遙かなる道』にサインをお願いすると、筆ペンで丁寧に「赤羽康男様　一九九六年三月　森本哲郎」と書いて、秘書が落款《らっかん》を押してくれた。自著の新刊を手にして「この本は持っているかね」と聞かれ、私が「いえ、それは持っていません」と答えると、「じゃあ、差し上げよう」と、これには万年筆でサインをして、やはり秘書が落款を押した後、手渡してくれた。『ウィーン』（文藝春秋）という音楽の都ウィーンの都市物語を取材してまとめた一冊で、いまでも私の宝物である。

当時森本は七十一歳だったが、まだまだ若々しく聡明で、その後幾冊も本を出した。二〇一四年の一月、享年八十八の訃報に接したとき、私はあの〝書物の森〟と言っていい邸宅で、時間など関係なく取材に応じてくれ、構えたカメラの注文に気さくにポーズを取って、「これからは大都市、大新聞の時代ではなく、地方都市、地方新聞の時代だ。地方都市の文化度はその都市にある新聞に表れる。頑張りなさい」とエールを送ってくれた森本を思い出し、深い悲しみに沈んだのだった。私は新聞の日々のコラム担当になっており、その年の暮れのコラムに哀惜の情を込めてこうつづった。

「森本哲郎さんの紀行、文明批評、読書論などが好きで、ほとんど読んだ。五十一歳で朝日新聞を退社後フリーとなり、一年の半分近くを世界への旅に費やした森本さん。突き動かしたのは『旅とは神の声に応じること。その声に応じて、ひたすら道をたどること』の思いだったろう。神の声の聞こえ方は人それぞれである。しかし、誰しもより良く生きたいと願って歩き、見聞きするのではあるまいか。森本さんの思索の旅の文章を、地方紙を励ましてくれた温かい言葉とともに思い出している」

世界の旅のイメージが強い森本哲郎だが、『日本の挽歌―失われゆく暮らしのかたち―』（角川書店）と題した一冊もある。火桶《ひおけ》、軒端《のきば》、濡れ縁、井戸、下駄、手拭い、簾《すだれ》、蚊帳《かや》、障子などを取り上げ、日本人の家屋や生活の中に長く位置づけられ、大切に使われてきたこれらの調度が次々姿を消してしまったことを惜しみ、快適さや利便性ばかり追い求める現代生活はこれでいいのか、と問いかけた二十四編から成る作品。どれを紹介してもいいが、

「冷たい火桶」の編はこうである。夏目漱石の「火鉢」と題する短文を引き合いに、火鉢の暖かさ（実際の暖かさは現代のストーブや温風ヒーターには全くかなわないが、心情的な暖かさを指す）について述べる。

漱石は一月の底冷えのする日、書斎で寒さにすくんでいる。火鉢が置いてあり、彼は手をかざし、掌は燃えるほど熱くなるが、体はぞくぞくして一向に温まらない。とても仕事をする気にはならず、思い切って銭湯に行く。せいせいして家に帰ると、書斎にランプがともり、火鉢に新しい切炭が活《い》けてある。漱石は妻が持ってきてくれた蕎麦湯《そばゆ》をすすりながら、つぎ立ての切炭がパチパチ鳴る音を聞き、その火の色にはじめて一日のあたたかみを覚える。

森本は「こんな暖かい文章を、私は読んだことがない。読めば読むほど、火鉢の暖かさが、この一文からつたわってくるような気がする」とし、例えば「冬の夜、炭火の音だけがきこえる深い静寂のなかで、妻は縫い物をし、夫は黙って何かを読んでいる。何という彫りの深い生活のひとときだろう！　すると、とつぜん、火鉢にかけてあった鍋が音を立てはじめたりする。沈黙が、かすかに破られる、そんなすばらしい瞬間を火鉢はつくりだしていたのだ」と記している。

この文章を読んだ私は当時、さっそく書棚から漱石全集の中の一冊、「火鉢」が収められている『永日小品』を手に取り、それを読んで、なるほどなあ、と納得したのであった。

そしていま私は、築百年の生家座敷でこれを書いているが、実際部屋の隅に火鉢が置かれてあり、小さいころ、まだ石油ストーブが普及していない昭和三十年代、この火鉢が活躍していたことを思い出す。火鉢や置き炬燵《ごたつ》で暖を取る時代は、とても寒かったけれど、父母がいて祖父母がいてきょうだいがいて、にぎやかに心情的には暖かく暮らしていたことは確かだった。私は重い陶器の火鉢を近くまで引きずり出した。近々切炭を仕入れて火をおこし、火鉢の暖かさを愉しんでみる気になっている。

「灯影《ほかげ》をうつす障子」の編では、森本は大好きな蕪村の「灯《ひ》ともせと云ひつゝ出るや秋の暮」の句から話を展開する。蕪村は障子に映る灯影を遠くから眺めたくて、「灯ともせと云ひつゝ」わざわざ外に出たというのだが、森本は「障子は、戸外に出て、それを眺めるとき、いっそう美しい。ことに秋の夕暮、そして、冬の夜、障子に映る家々の灯影が、生きていることのいじらしさを、名状しがたい趣きで滲《にじ》ませているからである」と述べる。

私の書斎は、小さな和室が併設されていて、そこに二本の障子戸が庭と接し、サッシのガラス戸で保護されている。障子は時折遊びに来る、いだずら盛りの孫にびりびりに破られたままだったが、孫が聞き分けのできる年になったのを機に、妻の協力を得て張り替えることができた。真っ白な障子は気持ちのいいもので、私は何度も開け閉めした挙げ句蕪村ではないが、日が暮れると外に出てその灯影の美しさを確かめずにはいられなかった。

灯影は障子なしでは考えられない。灯影のみならず、障子を通す光の加減というのは、季節や天候を敏感に写し出す。

例えば雪が降った朝、障子の白さにびっくりして「あっ、雪だ」と跳ね起きることがあるし、雨の日は障子の暗さによって気持ちがふさがれもする。たった一枚の薄い紙に過ぎないのに、この和紙は長い間、日本人の暮らしに欠かすことのできない品であり、折々の心情に寄り添ってきた。

『日本の挽歌』を、森本はこのように締めくくっている。「『暮らす』という日本語は、そもそもは『暗くする』からきている。つまり、暗くなるまでの一日を、いろいろデザインすることだ」としたうえで、「一日の時間についていえることは、人生そのものについてもあてはまる。日本人の人生は、いつの間にか、暮らしを自由に創造してゆくという力を失って、規格どおり、時間表どおり、機械的に送る、という体のものになってしまった。私たちのまわりから、懐かしい日本的な調度が、ひとつ、またひとつ、と消えて行ったのと歩調を合わせて。(中略)かつて日本人がつくりあげていた詩的生活の再建――それがこれからの日本のなによりの課題でなければならないと私は思う」と。

森本が『日本の挽歌』を著してからすでに四十年余の歳月がたち、調度は過去の遺物と化し、日常生活の中に息づくことはないに等しい。だが、勤めを終えてふるさとの家に心身とも帰った私は、日本人に根づいていた「暮らし」を見直し、「詩的生活の再建」を心がけたいとつくづく思う。

内なる声に耳を傾ける

森本哲郎の『ゆたかさへの旅』（角川文庫）には「日曜日・午後二時の思索」の副題が付く。日曜日の午後二時ころになると、人というか勤め人は何ともいやあな気持ちに襲われる。その憂愁は次第に高じて嫌疑となり、思索を呼び起こすという意味である。

私は思索を呼び起こすまでには至らなかったものの、このいやあな気持ちは勤めている間、常にあった。日曜の午後、日が傾き出すと、明日はまた勤めに出るのか、早朝から役員会やら管理職会議がある。報告や方針を述べなければならず、社長、専務にいちいち指摘されるかもしれないと考えて憂鬱になった。会議から解放されて自分の仕事（コラム等の取材執筆）にかかるのだが、今度は夕方の締め切りまでには必ず出稿する責任と義務を負わねばならなかった。

仕事とは多かれ少なかれそういうものであり、大概の人は頑張ってこなしてゆく。しかし、突然放棄したり、投げ出したりしてしまう人もいる。その気持ちも私にはわかる。

森本はこの著書で「おそらく、日曜日の午後の憂鬱とは、私たちが排除の文明のなかに住まわされているという、そのことなのではないだろうか。（中略）不条理なもの、不明なもの、カネと物につながらないもの、そういうものは、なにひとつ許容されない社会に閉じこめられているからではないのか。一見ゆたかそうで、実は、ほんとうにゆたかではない世界の住人だからではないのか」と指摘する。

この指摘は、『日本の挽歌』の問いと同じと言っていい。私たちは敗戦後、平和な世の中にあってひたすら物の豊かさと自由を追い求め、高度経済成長、平成のバブルを経て今日に至ったのだが、その過程でとても大事なもの、美しいものを捨て去ってしまった、との痛切な思いである。

子らの明るい笑顔、にぎやかな声、主婦の

東京・杉並の森本哲郎邸を訪ね、「都市景観」についてインタビューするなか、書斎で世界への旅のもろもろの話を伺う（一九九六年三月）

立ち話、お年寄りの縁側談議は消え、気がつけば個々ばらばらの家族、つながりのない、助け合いのない地域社会がそこに現出している。広がる格差、しのび寄る貧困、単身者の急増、引きこもり、下流老人、挙げ句の孤独死……。

まさに無縁社会。これでいいのか、いいはずはないのだけれど、人のことなど構っていられない、生活も心もゆとりのない、寛容のない、厳しい現実が広がっている。スマホ、パソコン、ロボットといった最先端機器に結局支配されて、自分で自分を窮屈にし、苦しめている。

本当の豊かさ、幸せとは何なのか。私たちはいまここでもう一度問い直し、暮らしを立て直す必要がある。私は森本の本を読み直しながら、その感を深くしている。

最後に『旅の半空《なかぞら》』（新潮社）を取り上げてみたい。長い間世界各地を旅して歩いた森本哲郎は、「世界は広いようで狭い。日本は狭いようで広い」気がしてきて、自分はむしろ日本を知らない、まだ行ったことのない場所もたくさんある、と日本文化の〝原風景〟を訪ねるこの紀行を書いた。

半空とは俳聖芭蕉が詠んだ「京まではまだ半空や雪の雲」からの引用で、「中空」「空の中ほど」、道の「途中」も意味し、「ぼくがこの半空なる語に心打たれたのは、そもそも、旅とは『半空』そのものだからである。目的地に着き、そこで終わってしまうのは旅ではない。

たんなる旅行に過ぎない。真の旅とは、死ぬまで終わらないものだ。だから時間の旅である人生は、つねに『中空』にある、と言っていい」と述懐する。津軽、江の島、和歌山、塩原、岡山、豊後《ぶんご》竹田などの地に交じって信州更科も訪れている。

私は還暦を過ぎたころ、「好きに生きよ、自在に生きよ、思うがままに生きよ」の内なる声を度々聞いた。勤めていれば生活は安泰だけれど、自由は失われ、人生の残り時間は減ってゆく。生活優先はこのくらいにとどめ、心優先にしよう。いくら好きな仕事であっても勤め続ける限り、組織の枠や時間に縛られ、自由にはなれない——。

結局私は六十三歳まで勤め、そこから念願の〝自由人〟〝余録人〟になり、晴れた日は畑に出、雨の日はこうして好きなものを書いたり、読みたい本を読んだりしている。森本哲郎が生涯求め、書きつづった真の旅、真の豊かさを、少しく実践できる場所に立っている。「思うがままに生きて、自分なりの豊かさへの旅を完結せよ」。いまそんな声が聞こえる。

藤沢　周平

過ぎし世のぬくもりと哀感

『三屋清左衛門残日録』

出典・平成元年九月刊　文藝春秋

物語の展開の面白さ、主人公や登場人物たちの心情の深さと細やかさ、日本語の文章のうまさと美しさ、そのどれを取ってもこの人の右に出る作家はいないのではないか。そんな思いを抱かせるのが藤沢周平であり、藤沢の時代小説である。

藤沢周平（一九二七〜一九九七）が享年六十九で消え入るように没して三十五年を超える。没した時、私は藤沢周平をまだ一行として読んでおらず、したがって死去の報の記憶が全くない。惜しいとも悲しいとも何とも感じなかったのだ。私が藤沢周平を読み出すきっかけは、当時勤めていた新聞社の後輩に「赤羽さん、藤沢周平を読んだことありますか？」と不意に聞かれ、「いや、ないよ」と応えると、彼から「読みましょ。赤羽さんならきっと好きになります」と言われたことによる。私が本好きと知っていて、藤沢を読んでいたら藤沢文学を語り合いたいと思って声をかけてきたのだろうが、余計なお世話だ、読む読まないはこちらの勝手と、それっきり忘れていた。

一、二年して書店内をぶらついているとき、ふと彼の言葉がよみがえり、藤沢周平の文庫が並ぶ場所に足を運んで、試しに初期の短編集『暗殺の年輪』（文春文庫）を買ってみた。

滅茶滅茶面白いと思ったわけではないが、読み終えるともう一冊読みたくなった。そうして気がつくと、私は藤沢周平の大ファンになっていて、十冊、二十冊、三十冊と手元の文庫は増え、四半世紀たったいまでも藤沢周平は、書棚の最も手に取りやすい位置を占めている。

藤沢作品は長編、短編すべてに余韻のある読後感を残し、かつて江戸の時代に生きた日本人は、こういう心根や倫理観を持っていたにちがいない、と思わせてくれる。どれを再読しようか迷った末、やはり名作にして代表作の『三屋清左衛門《みつやせいざえもん》残日録』（文春文庫）と『蝉しぐれ』（同）を選んだ。

最初に『三屋――』を手にしたのは、私が主人公の三屋清左衛門と同じ隠居の年齢に達したからである。ただし隠居と言っても、江戸時代の武士の隠居は制度としての厳然たる隠居で、藩に届け出て長男に家督を譲ってしまうと、齢《よわい》四十であろうと、あとは余生、長男夫婦に食べさせてもらう身となる。これに対し、現代社会の隠居は戸主変更がせいぜいで、主に心情的なものと言える。

『三屋――』の物語の舞台は、北国の海に面した小藩。藤沢はこの小藩を「海坂藩《うなさか》」と名づけ、初期の短編から晩年の長編に至るまで、幾度となく登場させている。それは藤沢の郷里の山形県庄内地方（中心は鶴岡）の景観に重なり、小説の城下町、周辺に広がる田畑となだらかな山々、海辺、その風土と気候のすべてが庄内なのである。

藤沢はそこに独自の「海坂物語」を紡ぎ出した。『三屋――』の三屋清左衛門は、家禄百二十石の御小納戸の見習いから城勤めを始め、先代藩主の信頼厚く用人にまで出世し、三百二十石の上士並みの禄高に家を発展させた人物。先代藩主の逝去に伴って、新藩主の側近は新しい者が務めるべきだと隠居を願い出、いまは江戸から国元に帰って離れを与えられ、総領夫婦と赤ん坊の孫と暮らす、恵まれた身の上である。いわゆる「勝ち組」の最たる者だが、妻には先立たれてしまっている。年齢は五十二。

そんな功成り名を遂げて、これでよしと家督相続も無事済ませ、念願の悠々自適の晩年に入った三屋だったが、離れに一人いるとき、心を襲ってきたのは開放感とはむしろ逆の世

藤沢周平は自然が豊かな村の農家の次男坊に生まれた。郷愁をつづったエッセーは数知れない。生家跡を訪ね、近くを流れる清流のほとりに佇む（山形県鶴岡市高坂）

間から隔絶されてしまったような自閉的な感情で、自分が「暗い野中にただ一本で立っている木であるかのように」思われたのだった。

この思いはわかる。私は功成り名を遂げたわけでは決してないけれど、仕事にやり残した感はなく、とてもすがすがしい気持ちで身を引いた。退職後、やりたいことは五つ六つあって、そのための準備もしてきた。したがってスムーズに人生第二ステージに移行できたのだが、無力感というか、社会の一員として何もしていない無用感は少なからずあって、第二ステージは意外に難しいと実感している。

三屋清左衛門は無用感を埋めるべく日記をつけることにし、長男の嫁の里江にその題名をいぶかしがられる。「残日録」というのはいかがでしょう、いま少しにぎやかなお名前でもよかったのではと。清左衛門は言う。「日残リテ昏《く》ルニ未《ま》ダ遠シの意味でな。残る日を数えようというわけではない」

物語はここから始まる。埃《ほこり》を払って経書を読み直したり、少年のころ通って腕を磨いた道場に顔を出したりのなか、世間の風を運んでくれるのが、幼なじみの友人、町奉行を務める佐伯熊太。三屋の隠居部屋を度々訪れ、藩の情勢や誰それの消息を教えてくれる。時にもめごとの仲裁を持ち込まれ、藩の政争に巻き込まれもする。

十五編の物語の一つ「零落《れいらく》」は、若いころ同じ道場に通い、同じ御小納戸に勤めて昵懇《じっこん》のつきあいをした金井奥之助という男と、三十年ぶりに偶然出会い、その落ちぶれ果てた金井と二人、磯釣りに出かけ、衝撃的な別れをする話である。

「もとは同列だったものが、三十年会わずにいる間にその違いが生じた。若い間は功名心もはげしくまだ先があると思うから、多少の優劣などということでは決着がついたとも思わぬものだが、年取るとそうはいかぬ。優劣はもはや動かしがたいものとなり、おのがことだけでなく、ひとの姿もよく見えて来るのだ」。三屋は嫁に、金井との間柄、当時藩を二分する政変によって袂《たもと》を分かつこととなり、結果甚《はなは》だしい身分の隔たりが生じた経緯を話して聞かせる。

嫁は、金井に誘われて磯釣りに行く三屋に「お気をつけなさいまし」と言葉をかける。そして案の定、金井は三屋を後ろから海に突き落とす行動に出て、自分のほうがたたらを踏んで海に落ち、三屋に助けられる。

貴公が憎かった。久しぶりに会ったとき、その思いが胸にあふれてきて、とめようがなかった。同じ隠居でも貴公は家禄を増やし、用人まで勤めた。自分は一度も日の目を見ず、落ちぶれたまま隠居し、家の者も大事にしてくれない。ただ殺すつもりはなかった。魔がさした、と金井は謝る。

三屋はその惨めな金井を砂浜に残し、帰途に就く。金井とのつき合いがこれで終わり、それは望んだことだったにもかかわらず、三屋の胸にしのび込むのは空虚感だった。

現役を退きひしひし感ずる人生

この感情は現役を退いた者には誰しもわかるのではないか。そう、一歩たがえれば、三屋が金井となり、金井が三屋になる可能性はあった。上り詰める者、頭打ちになる者、横道に逸れる者、踏み外す者、実力だけではなく運不運にも左右され、それを妬《ねた》み、妬まれる。人生とはそういうもので、初老に至ってはもはやどうしようもない。仕事人生に幕を下ろすとき、やり切ったとすがすがしい気持ちで去れる人はどのくらいいるのだろう。

さて『三屋――』に限らず、藤沢作品はすべてにおいて自然描写に優れている。刻一刻変わる自然の移ろいを見事なまでに文章化し、そこに主人公ら登場人物たちの心情を織り込んで、確かに人は自然と共に生き、哀歓に満ちた人生を送るのだと思わせてくれる。「藤沢周平文学にあふれる季節と自然の卓越した描写は、時代小説のみならず現代文学の富といってよい」と称えるのは、藤沢文学をこよなく愛する文芸評論家の高橋敏夫さん（『藤沢周平人生の愉しみ』三笠書房知的生き方文庫）。同感である。

『三屋――』の「川の音」の一場面。「――誰もいない、丘の陰に入って小暗く見える川には、水面を飛ぶ虫をとらえる魚がはね、そしてそこだけ日があたって見える丘の高い斜面あたりでは、一団になってひぐらしが鳴いていた。夏が終り、季節が秋に移るところだと清左衛門は思った。丘の、どこか見えない場所に、やはり一団になって鳴くひぐらしがいて、ひぐらしは寄せる波音のように交互に鳴きかわしていた。

突然に清左衛門は、真向から照りつける日射しの中に出た。（中略）日はその塚のように丸くて低い丘のはずれから、一直線に野を照らし、野の向こうにいまは克明な姿を現して来た城下の木立や家家の白壁などを照らしていた」……。

男女の機微を描いても藤沢は実にうまい。三屋は行きつけの料理店「涌井」の女将みさと、互いにほのかな恋情を抱いているのだが、吹雪の夜三屋は酔いつぶれて涌井に泊まる。夜中、三屋の布団に温かくて重いものが入り込んできて、やわらかくからみつき、寄り添う。「とてもいい匂いがした。――夢にちがいない。と清左衛門は思い、また眠りに落ちた」

このみさとは、最終章に至って別れが訪れる。店から帰る三屋をみさが追いかけ、みさは涌井を譲って帰郷することになったと打ち明け、最後にちょっとだけ抱いてくださいとすがる。三屋の腕の中でみさは肩をふるわせて静かに泣く。長い刻が過ぎ、みさは「ごめんなさい」と体を離し、袂《たもと》で顔をぬぐい、笑いかける。店の方に戻る彼女に、三屋が「国に帰ったら、今度こそよい婿《むこ》をもとめることだ」と声をかけると、みさは振り向き、月明かりに笑顔を見せ、けれど何も答えない。

老境にさしかかった男と中年の女の別れは、こうありたいと思うし、二人の分別が情に勝っているゆえに深い愛惜を伴う。

一連の物語は、三屋の活躍などで藩執政の交代劇も収まり、早春の光が差し込む季節を迎える。三屋は中風で倒れた旧友大塚平八を見舞おうと、平八の家のある道に歩を運ぶ。すると、光あふれるその道の遠くに人影が動くのを目にとめ、三屋は近づかずにそっと路地に引き返す。物語はこう締めくくられる。


——そうか、平八。

いよいよ歩く習練をはじめたか、と清左衛門は思った。

人間はそうあるべきなのだろう。衰えて死がおとずれるそのときは、おのれをそれまで生かしたすべてのものに感謝をささげて生を終ればよい。しかしいよいよ死ぬるそのときまでは、人間はあたえられた命をいとおしみ、力を尽くして生き抜かねばならぬ。

そのことを平八に教えてもらったと清左衛門は思っていた。


藤沢周平自身はこの締めくくり方が引っかかっていて、城山三郎との対談の中で、「本になってから恥ずかしくなりましてね。あんな利いたふうなことを書かなきゃよかった」と語っている。確かに藤沢作品の終わり方として異例と言えるが、これは三屋が自分に向けた言葉であって、読者に対して藤沢が人生訓めいたことを述べたわけではない。私はこのラストは素晴らしいと感じ入る。自分も最後はそうありたいと願って読んできた。

人生にはやはり「年の功」と言うべきものがあるような気がする。人は否応なしに年を取り、老いる。しかし、年を取ったことによってわかる、味わえる情感がある。体の動きが鈍くなって痛みを覚えたり、気持ちが沈んで希望を持てなくなったりする。それでも年の功はあるのではないか。

藤沢周平は、青春を結核療養で棒に振ったせいか、早くから老いを意識し、五十四歳のときの随筆「余剰価値」で、「老境は闇ではあるまい。そこには若いころとは異なる、べつの光が満ちているようでもある」とつづった。最晩年の短編「静かな木」では、城下の寺に立つ欅《けやき》の大木に心を寄せる、連れ合いに先立たれた孫左衛門（隠居した武士）に「――生きていれば、よいこともある」とつぶやかせている。

大変生きにくい時代である。コロナ禍がそれに輪をかけて時世はなお暗くなった感があるが、私は再び藤沢周平の物語を読み進めながら、その文章、言葉の数々に生きる〝微光〟を見いだしている。

『蝉しぐれ』

出典・昭和六十三年五月刊　文藝春秋

私には若いころの夏の終わり、カナカナカナというヒグラシの蝉《せみ》しぐれに、心地よいひとときを過ごした記憶がある。昨夏、無性にそれが聞きたくなり、近隣の林を探し回り、車で二十分ほどの広い高原の松林に見つけて、二度三度出かけた。三歳の孫を連れて行ったとき、孫は車を下りた瞬間、「この音（声）は何だろう」といった顔をして耳を澄ませていた。

藤沢周平の代表作『蝉しぐれ』への思い入れが、実際の蝉しぐれと私の中で重奏的に響いているのかもしれない。『蝉しぐれ』の舞台もまた、『三屋清左衛門残日録』と同じ北国の小藩、海坂《うなさか》藩だ。清流と木立に囲まれた城下で、牧文四郎という少年藩士が、幾多の試練を乗り越え、成長してゆく物語。読み終えたとき名状しがたい余韻を心に残す。晴朗でありながらしっとりとし、過去の懐かしさとほろ苦さ、現在の大切さと厳しさを合わせもって胸が浸される。

『蝉しぐれ』は、いくつかの読み方ができる、藤沢周平らしい名品である。一つは友情の物語として読める。藤沢の武家物には、男と男の友情がよく描かれるが、その美しさ、楽しさを誰よりも本人が認めていたということだろう。『蝉しぐれ』の場合はこんな一幕――。

「泣きたいのか」

と逸平が言った。二人は、歩いて来た道と交叉する畑に沿う道に曲がり、幹の太い欅《けやき》の下に立ちどまっていた。旧街道の跡だというその道は、欅や松の並木がすずしい影をつくり、そこにも蝉が鳴いていた。

「泣きたかったら存分に泣け、おれはかまわんぞ」

「もっとほかに言うことがあったんだ」

文四郎は涙が頰を伝い流れるのを感じたが、声は顫《ふる》えていないと思った。（中略）

「おやじを尊敬していると言えばよかったんだ」

「そうか」

逸平が言った。文四郎は欅の樹皮に額を押しつけた。固い樹皮に額をつけていると、快く涙が流れ出た。


このおやじは、文四郎にとっては義父の助左衛門である。海坂藩の土木をつかさどる普請《ふしん》組の組衆を務める下級藩士。文四郎は牧家の養子、義母の登世が実父の妹で、義父とは血のつながりはない。文四郎は義父の寡黙だが、いざという時には頼りがいのある仕事ぶりを目の当たりにするなど、心から敬愛していた。その父が藩主の世継ぎの御家騒動にかかわり、政争に敗れた側に連座して切腹を命じられる。

監禁された父に最後の対面を許された文四郎は「父上、何事が起きたのかお聞かせくださ い」としか口にできず、助左衛門は「恥ずべきことをしたわけではない。私の欲ではなく、義のためにやったことだ。あとには反逆の汚名が残り、そなたたちが苦労することは目に見えているが、文四郎はわしを恥じてはならん。そのことは胸にしまっておけ」と言い残す。

親友の逸平との場面は、これを受けて「二人きりで会えたんだな」「そうだ」「何か話したか」「いや」の会話から始まり、不意に父に言いたかった言葉が文四郎の胸にあふれ、涙がこぼれてくる。ここまで育ててくれてありがとう、あなたを尊敬していた、母のことは心配いらない、と自分から言うべきだったのだと。

ふだんは少々がさつでおせっかいな逸平が、「泣きたかったら存分に泣け」と言うだけで、ほとんど言葉をかけず、文四郎にただ寄り添う。

心が通い合う友とはこういうものだろう。私は退職してよくわかるのだが、現役時代に築いた社内外の人間関係は、仕事をしていた場所での、仕事を通してのものであって、退職してしまえばよほど心のつながりがあった人以外、関係はそこで切れる。では現役後、新たな人とのつながりができるかというと、ほとんどできない。

そうなったとき、大事なのは友だちだ。地元に帰った人なら幼なじみや小中高校の同級生。

大勢もつ必要はないけれど、二、三人はほしい。いつでも会おうと思えば会え、言いたいことが言える友だち。若いころから互いの苦楽を知り、分かち合ってきた親友がいればなおいい。

『蟬しぐれ』と対を成すような作品に『風の果て』がある。『蟬しぐれ』にどことなし爽やかな風が吹いているのに対し、『風の果て』は全編、冷たい風が吹き渡っている。この傑作もまた友情の物語として読めるが、軽輩から筆頭家老にまで登り詰めた主人公に、権力を握って腐り果てるのがおぬしの望みか、と少年時代に同じ道場で腕を磨いた旧友（運命のいたずらで、悲惨な人生をたどってしまった、厄介《やっかい》叔父）から果たし状が届く。殺伐たる果たし合いで締めくくられるラストは、友情の裏返し、友だったゆえの決着と言っていい。

主人公は決して清廉潔白ではなく、のし上がるには、友人だった者をその座から引きずり降ろし、藩のために大きな仕事をするにはカネの力も利用する。権力の座に就いたたまらない快感も味わっている。最後、切った友が息絶えてゆく際の二人の短い会話、主人公がその足でもう一人の友（全く出世できなかった凡庸な五十男）の家を訪ね、果たし合いを報告したときの会話、そして主人公の胸を去来する寂寥《せきりょう》は、男たちが織り成した人生の終着点を描いて余りある。

『風の果て』の長い物語は、現代社会に置き換えることができる。会社組織に勤める限り、私たちは出世争い、権力争いに組み込まれ、同僚を蹴落としても、社長や上司に媚《こ》びへつらっても、それを手に入れようとする者はいるし、誰しも多かれ少なかれ出世欲、名誉欲はある。ただし、必死につかんだポストも明け渡す日が必ず訪れ、組織を離れてしまえば、何の力にもならない。たかが知れているのに現役中は固執し、ばたばたする。

「まだ若いのに」「いくらでもできるでしょう」と惜しまれつつ、さっと身を引いた人が私は好きである。生活のため、家族のために居座る人もいるだろうが、少し早く後進に道を譲り、一個の人間に戻って自分と向き合い、静かに年老いてゆくのが、自然の理に適った生き方だと思うのだ。

『蝉しぐれ』は友情の物語のほか、義父と子の物語としても読める。切腹させられた父を、文四郎は一人で引き取りに行く。寺の門から運び出された父は眠るような穏やかな顔をしているが、首から胸にかけてすさまじい血の跡があり、首は皮一枚を残す見事な介錯の跡を示して縫いつけられていた。炎天下、そんな父を載せた荷車を引いて、文四郎は城下の町を通る。遺骸に掛けたこもの端から父の足先がのぞき、軒下に立つ人々が突き刺すような視線を送ってくる。

十六歳の文四郎にとってあまりにむごい体験にはちがいないのだが、それはかつてなかったほど父との親密な時間にもなる。

武家町や寺町といった、人通りのない道に入るとほっとした。文四郎は道に梶棒をおろし、喘ぎを静めながらさかさまに天を指している青白くて大きい父の足を見る。すると、いかにもいま父と二人きりでいるという気がして来るのだった。

父上、いま少しの辛抱ですぞ、と文四郎は胸の中でささやきかけて梶棒をにぎり直した。

私は余命いくばくもない父と一晩、病室で二人きりで過ごした五年前の日を思い出す。父の意識ははっきりしており、「親父、いままでありがとう」と何度言いたかったか。だが、口をついてその言葉は出なかった。言ってしまうと、これで終わりのような気がして、どうしても言えず、とうとう言わないでしまった。言うべきだったと悔いている。

私も父を尊敬していた。父は大学に行きたかったらしいが、日中戦争に赴いて敵の銃弾を膝に受け、片足を切断して生還した父親（私にとっては祖父）が、義足を付けてしか畑仕事ができないため、父は新制高校を出て農家を継ぎ、果樹一筋で生きてきた。私と妹を育て上げ、ありとあらゆる地域の役をこなし、六十代は農協の専務理事も務めた。家のことはすべてやってくれたので、私は忙しい新聞社勤務に邁進《まいしん》することができた。

元来無口な父と親しく話したり、酒をくみ交わず間もないまま互いに年を重ね、働けなくなった父の姿を横目で見ながら、病院通いや介護は母と妻に任せて私は勤め続けた。定年の少し前に父は帰らぬ人となった。父の望みどおり、農協の施設で多くの人に来ていただいて葬儀を営んだ。

父と子の関係は、大方こんなものなのではないか。父が忙しく働く後ろ姿を見ながら子は成長し、仕事に就き、家庭を持つと今度は自分が忙しく、二人で親密な時間を過ごすなどということはまずない。父がサラリーマンであれば、働く後ろ姿を見る機会すらなく、やがて別れのときを迎える。文四郎ではないが、父が死んで、その亡骸を家に運び入れるとき初めて、父と心からの対話ができるのかもしれない。「親父、苦労をかけた。ありがとう」と言えるのかもしれない。

『蝉しぐれ』はさらに、男と女の愛の物語としても読める。文四郎と隣家のふくの関係は、少年少女時代のほのかな恋心に始まる。夜祭りの出来事や、文四郎が父の遺骸を載せて家にたどり着く最後ののぼり坂、ふくが駆けて来て、無言で荷車を押してくれる。

江戸屋敷に奉公に出ることが決まったふくは、減禄されたうえ長屋に移った文四郎を訪ねるものの、会えずに帰る。後日、ふくの江戸行きを知った文四郎は、かつて住んでいた組屋敷に足を運ぶ。だが、ふくの家は引っ越してすでにそこになく、近所の女房から江戸のふくに殿さまのお手がついたと聞かされ、文四郎はふくとの糸が切れてしまったことを知る。

――そうか。

では、終わったのだと文四郎は思っていた。その思いは唐突にやって来て、文四郎を覆いつつみ、押し流さんばかりだった。（中略）

そのことを理解したとき、文四郎の胸にこみ上げて来たのは、自分でもおどろくほどにはげしい、ふくをいとおしむ感情だった。（中略）

――あのとき……。

と文四郎は強い悔恨に苛まれながら、たずねて来たふくに会えなかった日のことを思い出している。あのときふくは、このようにしてやがて別れが来ることを予感していたのだろうか、と思った。

その考えは文四郎を堪えがたい悔恨で覆いつつんだが、その一方で文四郎は、いまのはげしい物思いが、ふくとの別れが決まったからこそ、禁忌を解かれた形であふれ出て来ていることを承知していた。

結ばれなかったゆえに深く愛し合う

そうなのだ。こうして若いころの恋は、後悔とともに大抵終わりを告げる。ふくは江戸屋敷奉公から殿の手がついて側室入り、一方文四郎は長い忍苦と剣の修行のかいあって家禄が戻り、職を与えられ、妻も得て、二人の距離は必然的にどうにもならない遠いものになる。

ところが、ふくが殿の子を生んだことで藩内抗争が起こり、文四郎は里帰りしているふくと子を助けようと動く。文四郎を含めた三人を抹殺する陰謀が計られるなか、結局文四郎は秘剣を用いて、ふく母子を無事な場所に送り届けて本編の幕は下りる。

……二十余年の歳月が流れ、文四郎は郡奉行を務める助左衛門となっている。藩主が死んで仏門入りを決めたお福さまは海辺の温泉場で夏のひとときを過ごしており、そこから文《ふみ》を助左衛門に託してよこす。助左衛門は二里の距離を馬で駆けつけ、お福さまと別れの時を過ごす。懐かしい昔話のあと、お福さまは「文四郎さんの御子が私の子で、私の子供

『蝉しぐれ』で、助左衛門とお福さまが最後に会い、親密なひとときを過ごして別れる舞台は、日本海に面する伝統の湯野浜温泉とされる（山形県鶴岡市）

が文四郎さんの御子であるような道はなかったのでしょうか」と、文四郎に訊ねる。

いきなり、お福さまがそう言った。だが顔はおだやかに微笑して、あり得たかも知れないその光景を夢みているように見えた。助左衛門も微笑した。そしてはっきり言った。

「それが出来なかったことを、それがし、生涯の悔いとしております」（中略）

「うれしい。でも、きっとこういうふうに終るのですね。この世に悔いを持たぬ人などいないでしょうから。はかない世の中……」

このあと、お福さまは助左衛門の腕に身を投げかけ、二人は愛《いと》おしい時間を持つ。お福さまはそっと助左衛門の体を押しのけ、襟を掻《か》きあつめて助左衛門に背を向け、声をしのんで泣いた後、ありがとう文四郎さん、これで思い残すことはありません、と言うのである。

哀惜極まりない別れ。もう二度と会うことのない、かくも長い歳月慕い続けた男と女の別離。私は再読し、このクライマックスをむろん知っているのに泣けた。自然に涙があふれてきた。

――あのひとの……。

白い胸など見なければよかったと思った。その記憶がうすらぐまでくるしむかも知れないという気がしたが、助左衛門の気持ちは一方で深く満たされてもいた。

助左衛門は温泉場を出て、耳を聾《ろう》するばかりの蝉しぐれの黒松林の中をゆっくり馬を進め、蝉の声は子どものころ住んだ組屋敷や町はずれの雑木林を思い出させる。砂丘の出口に来たところで馬をとめ、衰えない日射しと灼ける野に目をやり、笠の紐をきつく結び直す。

「馬腹を蹴って、助左衛門は熱い光の中に走り出た」。この最後の一行に主人公の決然たる意思が表されている。人は過去をかなぐり捨てて現実に踏み出すとき、あえて強烈な光を求める。藤沢周平はそれをこの物語の最後の一行に込めた。

『蝉しぐれ』は、遠く過ぎ去りし日々、その懐かしい思い出を胸に押し込めたうえで、いまを生きる、生きねばならない私たち自身の物語でもある。

『玄鳥』ほか短編

出典・平成十九年十月　文春文庫ほか

人はみな一回限りの人生を生きる。その中でやり直すことはできても、引き返すことはできない。その引き返すことができない、過ぎてしまった過去。甘美な過去もあれば、苦渋の過去もある。苦しい、思い出したくもない過去は、そのままそっとしておくか、忘却の彼方に押しやるとして、懐かしい、思わず涙ぐむような過去は、生きるうえで心の支えになる。

藤沢周平はほぼ四半世紀の作家活動で、三百を超える物語を描いたが、その舞台は大きく分けると、北国の「海坂藩《うなさか》もの」と「江戸もの」の二つで、海坂藩は明らかに藤沢のふるさと、山形県の庄内である。実際の庄内藩は十四万石近い石高だったそうだが、海坂藩はそれを半分に縮めた七万石の小藩に設定している。物語に登場する地形、風物、食べ物など、そのすべてが藤沢が少年のころ眺め、親しんだものと言ってよく、ふるさとをここまで物語化した作家を私はほかに知らない。

物語ばかりでなく、藤沢はエッセーにも繰り返しふるさとを書いた。「私はいまは鶴岡市の一部であるある村に生まれた。村の正面には田圃《たんぼ》や遠い村村をへだてて月山《がっさん》がそびえ、北の空には鳥海山が見えた。（中略）蛍がとび、蛙が鳴き、小流れにはどじょうや鮒《ふな》がいた。

草むらには蛇や蜥蜴《とかげ》も棲んでいた。

私はそのような村の風物の中で、世界と物のうつくしさと醜さを判別する心を養われ、また遊びを通して生きるために必要な勇気や用心深さを身につけることが出来た。私はそういう場所から人間として歩みはじめたことを、いまも喜ばずにはいられない」(「乳のごとき故郷」)

藤沢周平の原点が、ふるさとの自然と風物であったことはまちがいない。愛すべきふるさとを心に抱いた一人の人間が、のちに作家となって、懐かしい物語を紡いでいったのである。ただし、ふるさとはどこまでも美しく、懐かしいかと言うと、そうではあるまい。ふるさとや肉親に悪い感情を抱いて「ふるさとは遠くにありて思ふもの」という人もいるし、帰りたくても帰れない、故郷喪失者もいる。藤沢は別のエッセーで、こう述べている。

「郷里では私はふだんより心が傷みやすくなっている。人にやさしくし、喜びをあたえた記憶はなく、若さにまかせて、人を傷つけた記憶が、身をよじるような悔恨をともなって甦《よみがえ》るからであろう。郷里はつらい土地でもある。私はその夜、めずらしく途中でめざめ、また海の音を聞いた」(「初冬の鶴岡」)

そんな藤沢周平という作家に出会えたことが、私は人生の大きな幸せの一つだったとあらためて思う。四十代、新聞の長期連載などに追われるなか、藤沢の描いた物語を読み進めながら、生きることはうれしく、哀しく、愛《いと》おしいと幾たび確認させてもらえたかしれない。

さて、藤沢の短編群だけれど、武家もの、市井《しせい》ものを問わず、秀作ぞろいだ。短編ゆえに登場人物たちの人生がぐっと凝縮され、陰影濃く浮かび上がる。どれも遜色ないけれど、まずは「玄鳥《げんちょう》」を読み返してみた。

主人公の路《みち》は、上流武士の生家に養子を迎えて恵まれた暮らしをしている。だが、軒下にかけたツバメの巣を何のためらいもなく取り払えという夫に情愛を感じていない。ある日、脱藩者の上意討ちに行って不首尾に終わった討ち手の一人が、剣の遣い手だった亡き父の弟子の兵六だったと知る。兵六は粗忽《そこつ》者だが、非凡な剣才を持ち、人柄も良かった。

生前父は兵六に秘剣を伝授しようとするが、彼を粗忽者と判断したのか途中で諦めた。上意討ちに失敗した兵六に藩命で討ち手が差し向けられる事態に。路は兵六の命を救うため、父から「彼に絶対絶命のときが訪れたら伝えよ」と、口伝えされていた秘伝の残りの部分を伝えに出向く。その帰り、路は不意に涙で目がうるみ、終わったという気持ちに胸がいっぱいになる。藤沢はこう描く。


終わったのは、長い間心の重荷だった父の遺言を兵六に伝えたということだけではなかった。父がいて兄の森之助がいて、妹がいて、屋敷にはしじゅう父の兵法の弟子が出入りし、門の軒にはつばめが巣をつくり、曾根兵六が水たまりを飛びそこねて袴《はかま》を泥だらけにした。終わったのはそういうものだった。そのころの末次家の屋敷を照らしていた日の光、吹きすぎる風の匂い、そういうものでもあった。

路は少女のころ、どこかそそっかしい兵六の嫁になりたかった。だが、そんな時代は口伝を伝えたきょうを限りに完全に終わりを告げた。巣を壊されたツバメは来年は来ないだろう、生死いずれにせよ、兵六とも二度と会うこともないだろうと思い、そっと涙を押しぬぐうのである。

私もまた、にぎやかな大家族の家に育った。半世紀が過ぎ、誰もいなくなった広い古い家の座敷の炬燵《こたつ》に一人いて、これを綴っている。昭和の高度経済成長期を経て、日本は農業社会からサラリーマン社会に変容し、核家族化し、いまや単身化、無縁化の時代となった。いかにも寂しい。しかし、私たちは望んで経済優先の、自由でドライな生活を選んだのだ。その行き着いた先がこの寂しさなのである。

声が聞こえる。姿が浮かび上がる。家族が力を合わせてごちゃごちゃ暮らしていたころが思い出される……。それらはもう記憶の中にしかない。

潔い女性たちを藤沢はよく描いた

次の短編は「小川の辺《ほとり》」。脱藩して江戸へ逃亡した義弟を、主命によって討つ手になってしまった海坂藩士の苦悩の物語だ。ただしそれは縦糸で、横糸に純愛物語が縒《よ》り合わされている。

逃げた義弟は藩士の妹田鶴と共に小川の辺の一軒家にひそかに暮らしている。家を見つけた藩士は、義弟との激しい斬り合いの末討つが、それを目撃した田鶴（剣技を身につけている）が半ば狂乱し、兄に斬り込む。刀は兄によって巻き上げられ、田鶴は川に落ちる。そのとき、藩士に付き添ってきた新蔵（藩士の家に父の代から仕える若党）が兄妹の間に入り、脇差を抜いたその姿から藩士は、新蔵の田鶴への強い思いを知る。「田鶴を引き揚げてやれ」寄り添う新蔵と田鶴を見て、藩士は二人のほうが本物の兄妹のように見え、「田鶴のことはお前にまかせる」と言い置き、一人国元に帰って行く。新蔵と田鶴を結びつけたのが、少年少女時代の郷里の川であったことを伏線に、再び川で運命の糸がたぐり寄せられるという結末。

「小川の辺」にはとても印象深い場面があるので、そのまま引用してみたい。田鶴が嫁入る三日前、新蔵は納屋で縄をなっている。そこへ田鶴が入って来て言葉を交わし、大胆にも帯を解く。

「私がお嫁に行ったら、淋しくないの？」

「……」

「淋しいと言って」

「はい。淋しゅうございます」（中略）

そう言ったとき新蔵は、主従の矩《のり》を越えたと思った。眼の前にいるのは、眼がくらむほど慕わしい一人の女だった。（中略）

「私の身体《からだ》が見たい？」「いえ。そんな恐ろしいことは、やめてください」

「見て。お別れだから」


これは田鶴の誘惑などではなく、結ばれることがない好き合った若い男女の、別離のための最後のふれあいだったと言っていい。ところが二人は、哀しい運命に導かれ、手に手を取りながら、辛苦の後半生をふるさとを遠く隔てた地で共に歩むこととなる。

三つ目の「花のあと」もまた、潔い女の半生を浮かび上がらせて忘れ難い。祖母（ばば）が孫に昔語りでそれを伝えるところが妙で、祖母の以登は、娘盛りを剣の道に生きた。首尾よく婚約が決まるが、花見の帰り、藩中でも剣士として知られる江口孫四郎から手合わせを申し込まれる。同じ武家でも身分に大きな差があり、江口のそれは上士の娘へのおもねりではなく、好敵手として認めてのものだった。

二人は以登の父の配慮から、彼女の屋敷の稽古場で父の見分役によって竹刀をまみえる。打ち合っているうち、以登は恍惚とした気分に身も心も満たされ、試合は江口が勝つ。以登のお点前《てまえ》で茶を喫した江口が帰った後、父は言う。

「江口孫四郎は好漢だが、二度と会うことはならん。そなたは、婿となる男が決まった身だ」

「わかっておりまする。有難うございました」

と以登は言った。

そのときには以登にも、もうわかっていたのである。江口孫四郎とひとたびは試合をとねがった、あのはげしい渇望が恋であり、その気持もまた、どういうわけかむつけき風貌の父親が察知して、罵《のの》るかわりに粋を利かせて孫四郎に会わせたのだということも。だが恋ならば、それは思い切るしかなかった。（中略）

眼がくらむほどの一日が訪れ、そして去ったのを以登は感じた。

物語はこのあと、江口の結婚相手が以登の知る女性と聞いて驚き、その女性が妻子ある男と密会している姿を以登は目撃する、という方向に進む。二年後、江口は男の罠に落ちて自裁、以登は剣で決着をつけるべく、男を川の岸辺に呼び出し、見事に胸を一刺しする。

以登の入り婿の才助（昼あんどんなどと呼ばれながら、筆頭家老まで出世する）が、女性と男の関係を調べ上げたり、以登と男の決闘の後始末に走ったりするところが、物語をうら寂しいものとせず、おかしみを醸し出して、昔語りを膨らませている。

これは海坂藩の武家に生まれた以登という誇り高き女性に、こんな恋の顛末《てんまつ》「花のあと」があったという話である。人は若き日に抱いた恋情の余韻をずっと心にとどめる。一緒になれなかったからこそ、その恋は年を取っても色褪せることはない。

その言葉はそっと背中を押してくれる

市井ものの短編集『橋ものがたり』（新潮文庫）は、藤沢周平が直木賞を受賞して三年後の昭和五十一（一九七六）年、作家としての充実期にさしかかるころに執筆された。同じ年に「用心棒日月抄」「隠し剣シリーズ」の連載も始まっている。

橋は「端」と同源で、つながっていない端と端をつなぎ合わせる意味を持ち、その構造物を橋と言うようになった。現代は大きな河川や急な渓谷にも硬固な橋が架かり、よほどのことがない限り流されず、車などで簡単に行き来できる。したがって川のこちらとあちらは同じ世界なのだが、昔は〝別世界〟であった。橋を渡った向こう側には別の国があり、それゆえ橋は出会いと別れを演出した。男女の逢瀬の待ち合わせ場所にもなった。

『橋ものがたり』は、江戸下町のそんな情景を描いた十編の物語。登場人物たちは何年ぶりに再会したり、永遠に別れたりする。「小ぬか雨」「赤い夕日」「氷雨降る」「吹く風は秋」などを読み直してみた。

「小ぬか雨」は、二十歳のおすみが住む堀江町の周りの橋がいくつか登場する。おすみに偶然匿《かくま》われた新七が最後、橋を渡って追っ手から逃げ、おすみは渡らずに引き返し、日常に戻ってゆく。「――行ってしまった。新七が残して行った傘を拾い上げ、橋を戻りながら、おすみはそう思った。激しく燃え立った気持が、少しずつ物悲しい色を帯びて湿って行くようだった。新七が言うとおりだった。この橋を渡ってはならなかったのだ」

「赤い夕日」の斧次郎は「どんなことがあろうと、橋を渡ってきちゃならねえ」と言い、大川の永代橋の向こう側に住み続け、おもんがつかんだ幸せな人生に関わることを避ける。だが、おもんは五年ぶりに永代橋を渡り、育ててくれたおとっつぁん（斧次郎）の消息を訊ね、事件に巻き込まれるが、太物商を営む夫に助けられ、無事家に戻ることができる。「永代橋を渡り切ったとき、おもんは立ち止まって橋をふりむいた。月明かりに、橋板が白く光って、その先に黒く蹲《うずくま》る町がみえた。――橋の向うに、もう頼る人はいない。突然しめつけられるような孤独な思いがおもんを包んだ」

こうして短編を取り上げてゆくと切りがないので、このあたりでやめておく。藤沢周平の故郷鶴岡を訪ねたのは、かれこれ十五年前の夏のことだった。鶴岡城跡、藤沢の生家跡、湯殿山、月山の麓などをレンタカーで忙しく回り、鶴岡の街や庄内の風景を知った。今度出かけたらゆっくり旅で、藤沢の愛した風光を味わってみたいと思っている。仕事人生に幕を下ろし、それができる年齢になったのだから。

藤沢周平の小説物語は、人生にとって本当に大事なものは何かを、さりげなく説いてくれる。勤めによって生活の基盤を作り、家族を養うことはもちろん必要なことだが、その中で躍起となる出世争いや人間関係など過ぎてしまえばどうということはなく、得られた地位も名も退職と同時に消えて空しい。大事なのはそのあと、肩書のない裸の人間に戻って、何が自分にあるかだと教えてくれている。

それは自然の移ろいとともに暮らす喜び、家族の温もり、友とのつながり、自分の時間を持つ愉しさ、そういったものに相違ない。まことに生きづらい、厳しい時代だけれど、藤沢周平の言葉は、一人の例外もなく年老いる私たちの人生に寄り添い、背中をそっと押してくれる。

藤沢のエッセー「剰余価値」の文章を引いて締めくくりとしたい。「〝時の恩恵〟とでも言うべきものは、おそらく長生きしなければ得られないものだろう。他を顧みるひまもなく、いっぱいいっぱい過ごして来たのが、老境に踏みこんだころになって、ようやく人生の剰余価値を受け取ることが出来るようになったということかも知れない。そうだとすれば、年をとることはまんざら捨てたものでもないのである。老後は闇ではあるまい。そこには若いころとは異《ことな》る、べつの光が満ちているようでもある」

宮沢　賢治

硬質で透明な悲しみ

『注文の多い料理店』

出典・平成八年六月刊　角川文庫

教師の顔、農民の顔、宗教者の顔、詩人の顔、童話作家の顔……さまざまな顔を持つのが宮沢賢治（一八九六〜一九三三）であり、その一つ一つが分かちがたく結びついているのは言うまでもないのだが、宮沢賢治の今日があるのは、やはり童話作家だったからだ。賢治の童話は特異性が際立ちながら、時代を超えた普遍性、思想性を持っている。もし賢治が数多《あまた》の童話作品を残していなければ、ここまで注目され、研究されることはなかったにちがいない。

哲学者の梅原猛は、「もしも人が私に、『明治以後の日本の文学者のなかで、最もすぐれている人は誰ですか』と聞かれたなら、私は宮沢賢治を挙げたい」と述べ、「宮沢賢治こそは近代日本の濁った文学的風土のなかで、ひとり清夜に輝く澄みきった星であり、われわれがこの百年という時代を、賢治を所有することによって肯定し祝福することができる」と絶賛している。（『賢治の宇宙』佼成出版社）

また別の本では「賢治の理想の世界は、生きとし生けるものが互いに相手のことをいたわりながら共生することでした。しかし人間はこのような生きとし生けるものを殺し、その犠牲のうえに豊かな生活を築いています。私は彼の文学は、動物の霊が賢治に乗り移って、動物と共生すべき新しい人間の生き方を世界に告示した文学であると思う」と論じた。（『共生と循環の哲学』小学館）

賢治の童話を繰り返し読んだ梅原が、その世界の美しさ、深さに感動をあらたにしての言葉である。そんな宮沢賢治だが、彼は生きている間は全くと言っていいほど世に知られず、東北・岩手の一人の文化人、農人として昭和八（一九三三）年、三十七歳の短い生涯を終えた。

賢治が類いまれなる芸術の才に恵まれ、それを童話や詩の形で表現したことは、その童話集、詩集を手に取ればすぐわかる。こうした作品をこんこんと泉が湧くごとく書けたのだから、天才というほかない。しかし、いくら天賦《てんぷ》の才があろうと、それを育む土壌と開花するきっかけがないと、形としてまとまらない。土壌とは彼が生まれた地であり、家であり、生い立ち。開花するきっかけはというと、二十歳前からの熱烈な仏教（法華経）信仰に基づき、それを童話によって子どもたちの心に根づかせようと念願したことだろう。

賢治の人生や作品に関する分析と研究は、古今の文学者、仏教研究者、関係者らが詳らかにし、星の数ほど書籍に著されているので、私がここで記すものなど何もありはしないのだが、あえて言わせてもらえば、賢治は岩手の山あいの小さな町（花巻）に生まれ、生家が仏教（法華経ではない）篤信の家であったこと、文芸活動を農業とともにふるさとの地でおこなったこと、生きる一番の目的がその文芸、つまり良い作品を残すことではなく、より良く生きること、人々の幸せのために尽くす（菩薩行）ことだった、というのがとても重要だと思う。それゆえ独特の土着的な、宗教的な、大自然や宇宙につながる永遠的な作品となって残されたのであろう。

私が宮沢賢治を集中的に読んだのは、三十代の終わりであった。それまでは賢治の童話にあまりいい印象を抱いておらず、読みたいという欲求は起きなかった。

私の最初の〝賢治体験〟は分校時代の小学三、四年のころにさかのぼる。その名を知ったというか、刻まれたのは分校に通う一～四年生全員が体育館に整列し、本校の校長先生を迎えて講話を聴く朝礼であった。中島和計というその校長は度々、賢治の詩「雨ニモマケズ」の話をした。私は「またか」と思い、退屈しのぎに隣に立つ女の子とひそひそ話をしていると、校長から「こら、そこの君。黙って聴きなさい」と注意されてしまった。「雨ニモマケズ」の講話の内容は覚えていないけれど、宮沢賢治が少年の私の中にインプットされ、詩とは逆に「サウイフモノニ　ワタシハ　ナリタクナイ」と思ったものである。

二度目の賢治体験は中学時代、国語の教科書に、童話「オッベルと象」が載っており、これが正直面白くなかった。資本家対労働者の関係、その搾取と無償労働のてんまつを風刺的に描いた作品で、中学生には難しかったということもあるが、それ以前に物語として引き込まれるものがなかった。掲載されていた賢治の顔写真も好きになれなかった。「オッベルと象」ではなく、「雪渡り」や「よだかの星」が載っていたら別の印象を持ったに相違ない。

そんなこんなで年齢を重ねても賢治を読みたい気持ちは起きなかったのに、二十代終盤、現実の仕事と心のギャップが広がり、どうしようと悩んで、水上勉の評伝『良寛』(中央公論社)を手にした後、立て続けに仏教関連の書物をあさるうち、宮沢賢治に行き着いた。

読み始めたら、賢治は大人になって初めてわかる人、大人こそ読むべき童話だと気づいた。二年ほどで大方読み尽くし、賢治のふるさと花巻を訪ねる旅にも出た。二十年ほど前の盆休みであった。

その旅のことを記す前に、賢治の生前に唯一刊行された童話集『注文の多い料理店』を書棚から引き抜き、九編収められているうちから「注文の多い料理店」「水仙月の四日」「鹿《しし》踊りのはじまり」を読み返してみたので、そこから書いてみたい。

「注文の多い料理店」は、動物の命を狩猟(遊び)で奪って平気な若い二人の紳士が、深い山に迷い込む。突然現れた西洋料理店「山猫軒」で腹ごしらえをしようと、大喜びで中に入り、店側の注文に一つ一つ応えてゆくうち、自分たちは食べる側ではなく、料理される側であることに気づき、最後命だけは助かるものの、「一ぺん紙くずのようになった二人の顔だけは、東京に帰っても、お湯にはいっても、もうもとのとおりになおりませんでした」という話だ。

地球上の生きとし生けるものすべての命は同じ価値ある一つの命であって、人間の欲望や都合で勝手に奪っていいのか、もて遊んでいいのか、いいはずがない。人間の傲慢以外の何ものでもない、との賢治の仏教精神に基づく思いがこの作品には込められている。人間中心の、人間が頂点に立って動植物や自然を支配して栄える西洋文明、現代文明への痛烈な批判とも受け取れる。

「水仙月の四日」は、私の好きな作品の一つで、猛吹雪の日にはこんなことも起こり得るかもしれない、と思える物語。吹雪の特異日の「水仙月の四日」に、赤い毛布（ケット）を着た一人の子どもが家に帰る途中、山道で猛吹雪に遭う。雪は「雪婆《ゆきば》んご」にせき立てられた「雪童子《ゆきわらす》」や「雪狼《ゆきおいの》」が、猛烈に空を駆け回って降らせていて、子どもは泣きながらもがき、ついには動けなくなる。「おや、おかしな子がいるね、そうそう、こっちへとっておしまい。水仙月の四日だもの、一人や二人とったっていいんだよ」と雪婆んごは、裂けたような紫の口を開けて言う。

ところが、不思議なことにひとりの雪童子が、赤い毛布を子どもに掛けてやり、「睡《ねむ》っておいで。布団をたくさんかけてあげるから。そうすれば凍えなんだよ」とささやく。雪婆んごが去り、吹雪が収まったとき、その雪童子は雪狼を連れて再び子どものところにやって来て、積もった雪を吹き散らし、子どもの命を救ってくれる。恐ろしい猛吹雪のとき、本当にこんな奇跡が起きるかもしれないと想わせてくれる。

「鹿踊りのはじまり」では、山奥の芝原で繰り広げられる鹿たちの不思議な踊りを、嘉十という若者がススキの陰から眺める。「嘉十はにわかに耳がきいんと鳴りました。そしてがたがたふるえました。鹿どもの風にゆれる草穂のような気もちが、波になって伝わって来たのでした。嘉十はほんとうにじぶんの耳を疑いました。それは鹿のことばがきこえてきたからです」

仕舞いに嘉十は自分と鹿との違いを忘れ、叫びながら鹿たちのところへ飛び出してしまう。「鹿はおどろいて一度に竿《さお》のように立ちあがり、それからはやてに吹かれた木の葉のように、からだを斜めにしてはるかにはるかに遁《に》げて行き、そのとおったあとのすすきは静かな湖の水脈《みお》のようにいつまでもぎらぎら光っておりました」で締めくくられる。

人間と動物の一体感を描きながら、動物の声を聞けた人間がその輪に加わろうとして、動物たちに拒まれ逃げられるという、人間存在の悲しみを表しているようである。

私は、賢治は生来この嘉十のような人間で、やがて修羅（醜い争いや果てしない闘いを飽かず繰り広げる存在）を自覚し、それを克服しようともがき苦しんだ人であったと思う。

実際賢治は『注文の多い料理店』の「序」でこうしたためている。「これらのわたくしのおはなしは、みんな林や野はらや鉄道線路やらで、虹や月あかりからもらってきたのです。ほんとに、かしわばやしの青い夕方を、ひとり通りかかったり、十一月の山の風のなかに、ふるえながら立ったりしますと、もうどうしてもこんな気がしてしかたないのです。（中略）けれども、わたくしは、これらのちいさなものがたりの幾《いく》きれかが、おしまい、あなたのすきとおったほんとうのたべものになることを、どんなにねがうかわかりません」

賢治の童話には畏れと悲しみがある

そんな兄賢治を傍らで見つめ、賢治没後も空襲などから遺稿を守り、二〇〇一年に九十七歳で亡くなるまで兄を慕い続けた弟宮沢清六さんの『兄のトランク』（ちくま文庫）は、等身大の賢治を知ることができる貴重な証言集だ。

賢治は大正十（一九二一）年一月、父母に法華経への改宗を求めたものの受け入れられず、突如上京し、現在の文京区本郷に間借りして、日蓮宗の信仰団体・国柱会の街頭布教などをおこなった。その際、文芸を志すのであれば、宗教家にならなくても文芸で信仰の真意を求め、伝えることができると教えられ、創作に没頭する。同じ年の夏、妹トシ病気の報を受けて急ぎ帰郷するのだが、『兄のトランク』はこのように録している。

……あれは茶色なズックを張った巨《おお》きなトランクだった。大正十年七月に、兄はそいつを神田あたりで買ったということだ。（中略）
その頃中学生の私が、花巻駅に迎いに出たとき、まず兄の元気な顔に安心し、それからそのトランクの大きなことに驚いた。（中略）
さて、そのトランクを二人で、代りがわりにぶらさげて家へ帰ったとき、姉の病気もそれほどでなかったので、「今度はこんなものを書いて来たんじゃあ」と言いながら、そのトランクを開けたのだ。（中略）
「童児《わらし》こさえる代りに書いたのだもや」などと言いながら、兄はそれをみんなに読んでくれたのだった。

在京八カ月ほどの間に、賢治は人間技とは思えない速さで、膨大な量の童話を書き上げ、大きなトランクいっぱい草稿を詰め込んで帰郷した。この年十二月からは稗貫《ひえぬき》農学校（のちの岩手県立花巻農学校）の教師の職に就き、多忙な日々を送るが、作品は書き継がれ、翌年のトシ死去に伴う詩作などを加えると、賢治は二十五歳から二十九歳にかけて、ものすごい質量の仕事を成し遂げた。
にもかかわらず、それが報われることはなかった。『注文の多い料理店』を刊行してはみたが、全く売れないため父から三百円借りて二百部を買い取り、三十歳前には教師を辞め、実家を出て、宮沢家別邸に独居自炊、崖下の荒れ地を開墾して畑作生活に入っている。これは賢治のさらなる苦闘の始まりとなった。

賢治が教師を辞めた理由について清六さんは、「やはりその前々からの言動を総合して見るとき、『生徒には農村に帰って立派な農民になれと教えていながら、自分は安閑として月給を取っていることは心苦しいことだ。自分も口だけでなく農民と一しょに土を掘ろう。』というのが、彼の性格として当然であったろう」と述べている。（「羅須地人協会時代」）

賢治はそういう人だった。「野の教育者」と言ったのは、教育評論家で賢治研究家の三

岩手県立花巻農業高校内に移築復元されている羅須地人協会の建物。元は花巻郊外の高台にあった宮沢家の別宅

上満さん（故人）、「風の詩人」と称したのは宗教学者の山折哲雄さん。賢治は書斎にこもって思索したり、創作したりした人ではなく、ふるさとの林や森や川や田畑の中にいて、五感で自然を感じ、その声が乗り移ったかのように作品化した。働いて汗を流すことを厭《いと》わず、農村が冷害、干ばつなどに見舞われず豊かになる策を講じ、青年たちを教え励ました。自分のことは二の次三の次、みんなの幸せを念じ続けた人である。

三上さんは、著書『野の教育者・宮沢賢治』（新日本出版社）の中で、賢治はどうしたら自分たちは現実の生活のつながりの豊かさと精神の豊かさを取り戻せるだろうかと問うた。彼の内面の驚くべき豊かさは、それを生み出す普遍的な回路があったからだとしたうえで、豊かさの源泉は「人びとへの、そしてあらゆる生命への共感といとおしみ」であると説いている。

山折さんは賢治の詩や童話によく登場する風が、彼の魂を象徴するものだとし、「賢治という人間は、風とともに誕生し、光の風の波に乗ってこの世を去っていった」と、『デクノボーになりたい』（小学館）で述べる。だが風はいつも不安を呼び覚まし、その不安とは人間の在り方そのものが発する不安、悪の自覚による不安だったととらえる。「宮沢賢治という人は、人間としての生存に絶望する直前のところで危うく踏みとどまっていた人間だった、ということにならないでしょうか。どうも私にはそのように思えて仕方がない」と。

確かに賢治の童話には、得体の知れない不安、もっと言うと畏《おそ》れがひそんでいる。深い悲しみをたたえている。それが私たち人間存在の原初的な不安、畏れ、悲しみであるとすれば、賢治はそれを自らの体感を通してあたかも語り部のように語った。

賢治の童話を読むとは、遠い昔の世界からやって来た者（人間に限らない）の言葉に耳を澄まし、ならば自分はいまどう生きたら良いのか、生きるべきか、考えてみることなのではあるまいか。

『銀河鉄道の夜』

出典・平成元年十一月刊　角川文庫

読んだことはないが題名は知っている。宮沢賢治の代表作『銀河鉄道の夜』は、多くの人にとってそんな作品なのかもしれない。主人公の貧しい少年ジョバンニと、裕福な家のカムパネルラが、天の川沿いに走る「銀河鉄道」に乗って、何人かの人と出会い、別れながら不思議な旅を続ける物語である。

授業で宇宙について習ったジョバンニはその夜、銀河の祭りを見に出かけるのだが、突然銀河ステーションが現れて、自分が小さな列車に乗っていることに気づく。前の席に「ぬれたようなまっ黒な上着を着た、せいの高い子供が」窓から頭を出して外を見ており、それが親友のカムパネルラだった。

ほどなく、鳥を捕らえる奇妙な男が乗り込む。そして検札に来た車掌にカンパネルラは鼠《ねずみ》色の切符を差し出した。慌てたジョバンニがポケットに手を入れると、紙切れがあったので、車掌に渡すと緑の切符なのだった。鳥捕りは「おや、こいつは大したもんですぜ」と、天上どころかどこまでも行ける切符だと驚く。

次には青年に連れられた姉弟が乗り込んで来る。三人は氷山にぶつかって沈む船に乗っていた子どもたちと、その家庭教師であった。やがて真っ赤に燃える火が見え、ジョバンニは蠍《さそり》が灼《や》けて死んだ火だと知らされる。姉の女の子は、蠍は小さな虫の命をたくさん食べて生きてきたが、イタチに見つかって自分が食べられそうになったとき逃げ、井戸に落ちて溺《おぼ》れる話をする。蠍は「こんなにむなしく命をすてずにどうかこの次にはまことにみんなの幸《しあわせ》のために私のからだをおつかい下さい」と自分を差し出し、その体は燃える火になり、いま夜の闇を照らしているという。この蠍は「よだかの星」のよだかを彷彿《ほうふつ》させる。

『銀河鉄道の夜』を貫くテーマが、人間の真の幸せとは何か、どうしたらそれが求められるかであるとしたなら、蠍の話はそれを象徴するものなのだろう。

次の駅で姉弟と青年は下り、天上に消える。下りる前、青年とジョバンニの間で本物の神さまをめぐるちょっとした論議が交わされるのも見逃せない。再びジョバンニはカンパネルラと二人だけになり、「僕はもうあのさそりのようにみんなの幸のためならば僕のからだなんて百ぺん灼いてもかまわない」と言うと、カンパネルラも「僕だってそうだ」とうなずくが、本当の幸いとは一体何だろう、とつぶやく。

このあと不意にカンパネルラの姿は消え、ジョバンニは泣き叫ぶものの一人残される。気がつくと、ジョバンニは元の丘の草の上で眠ってしまって目を覚ましたところだった。そしてカンパネルラが川に落ちた子どもを救おうとして川に入り、行方不明になっていることを知る。銀河を一緒に旅したカンパネルラはすでに死んでいたのだ。

『銀河鉄道の夜』をはじめ、賢治の作品をいくつか再読して、あらためて感じるのは何とも悲しい思いがわき上がってくることだ。その悲しみは情緒的な、しっとりした悲しみといったうのではなく、透明感のある悲しみで、何だろう、人間存在の根源における悲しみといったようなものだ。賢治はそれを抱えきれないほど抱えていて、童話の形で表し、読んだ私たちはどこか深いところで感応する。賢治の童話にはそんな美しさと悲しみがある。

『銀河鉄道の夜』は、実は初期の草稿から大幅な削除と書き換えをしていて、それは一度にとどまらず、結局未完のまま残されたのだという。賢治は苦心惨憺《さんたん》この大作に取り組んでいた。賢治研究家の三上満さん（故人）の『宮沢賢治　修羅への旅』（ルック）には、ブルカニロ博士が登場する「前期型」作品の詳しい考察がなされていて興味深い。

その中で三上さんは「『銀河鉄道の夜』はほんらい単なる美しい幻想物語ではなかった。博士とその分身である『セロのような声』、（中略）『黒い大きい帽子をかぶった大人』の登場によって、ジョバンニの『ほんとうのさいわい』への探求はいっそう深まり、『天上の救い』『地上の幸福』という主旋律のおりなす緊張が比較にならないほど高まる」と分析し、「物語としては『後期型』の方が美しいし芸術性も高いと思うが、私は『前期型』の壮大な構成と挑戦に感動を覚える」と言及している。

だが、賢治は晩年の添削でその形を取らなかった。三上さんは「それは羅須地人協会の設立、労働党への支援、肥料設計、土地改良などほんとうのさいわいを求めた努力の挫折からくる深い虚無感と結びついているのだろうか」と問いかけている。

賢治ワールドの旅で見えたもの

私は宮沢賢治が「イーハトーブ」と名づけた岩手のその地を、かれこれ二十年前に一人旅して歩いている。賢治の作品に最も魅了されていた四十代半ばの盆休みだった。

早朝、JR松本駅から長野に出、始発の新幹線で大宮へ。東北新幹線（盆の帰省で超満員だった）に乗り換え、三時間後には新花巻駅に着いた。昼時の新花巻は夏の青空が広がり、人影のない駅前公園には賢治の「セロ弾きのゴーシュ」に登場する動物たちの石彫があって、賢治のふるさとに下り立ったのだと思った。

タクシーで賢治記念館のある小山に上って行くと、館周辺は観光客でにぎわい、館内は人、人、人だった。賢治の直筆原稿などを見たあと早々に外に出て、賢治設計の花壇（復元）の中を歩き、童話村前で再びタクシーを拾って北上川の「イギリス海岸」に。川は水量豊かに花巻の平らな盆地の真ん中を流れ下っていた。高村光太郎揮ごうの「雨ニモマケズ」詩碑の建つ丘に上がってみると、そこは松と雑木の林に囲まれ、下段にきれいに整備された緑の田園が広がり、その向こうが北上川河畔だった。この丘には往時、宮沢家の木造一部二階の別邸があり、花巻農学校の教師を辞した賢治は大正十五（一九二六）年四月、ここで独居自炊の農人生活に入り、しばらくして羅須地人協会（農業・芸術活動の私塾）を発足させている。

賢治の畑はこの下の現在は水田になっている所にあって、そこを耕して野菜を作った。水は北上川から桶《おけ》でくみ上げた。セミの声、夏空、入道雲、吹き渡る涼風……自分は花巻に来て初めて賢治の世界にいると実感した。

待たせていたタクシーに乗り、花巻農学校（現花巻農業高校）へ。道すがら街中にある賢治生家前に立ったが、生家自体は面影を残しておらず、前の年九十七歳で亡くなった弟

岩手・花巻郊外を水量豊かに流れる北上川。賢治はこの近くの川岸を「イギリス海岸」と名づけ、散策した

の清六さんがここにずっと住んでいた。その清六さんは兄賢治の顕彰活動を死ぬまで続けられた。

花巻農業高校は結構遠かった。校庭の一画に羅須地人協会の建物（宮沢家別邸）が移築復元されており、私はそこに走り寄って眺め、室内にも入ってみた。内外とも写真で見ていたとおりで、賢治は畑に行く際、軒下の板にチョークで「下ノ畑に居リマス　賢治」と書いて出たのだが、復元された建物にもそれが掲げられていた。

あの夏、私はまるで少年のように興奮して、賢治ゆかりの地を巡った。一日では飽き足らず、翌日も羅須地人協会のあった丘に行き、蝉しぐれの中、黒アゲハが舞い、トンボが飛び交い、時折鳥も鳴く林に佇んだ。この風、におい、色、光……。いまもここに賢治はいると感じたのだった。

私の宮沢賢治への旅は、もう一つの出会いが待っていた。ＪＲ花巻駅前に行き、オブジェの写真を撮ったり、民芸店をのぞいたり、ぶらぶら散策していると、少し離れた場所に「林風舎」と名づけられた喫茶店が目についた。凝った看板に思わずカメラのシャッターを切り、コーヒーを飲もうと扉を押したところ、何とそこには〝賢治ワールド〟が広がっていた。

二階に上がり、店の人に「宮沢賢治一色ですね」と声をかけると、清六さんのお孫さんが経営している店だという。「本人を呼んで来ましょうか」と言われ、「はあ」と応えると、オールバックの髪型の青年が現れ、名刺を渡された。それから話は祖父（清六さん）の思い出に始まり、花巻と松本の街の比較まで一時間半に及んだ。彼、宮沢和樹さんは松本民芸家具の仙台支店に勤めていたことがあって、さらに英国留学の経験からアンティーク家具やナショナルトラスト（動植物生息地などを寄付金等で住民自らが買い取り、保全する自然保護活動）の歴史に詳しかった。むろん賢治の作品、精神もよく理解している人で、花巻市の箱もの行政（賢治記念館）頼りを嘆かれた。

和樹さんの話でいまでも思い出されるのは、次のようなことだ。「ぼくにはおじいちゃんと賢治がだぶって感じられ、同一人物のような気がしてならない」「おじいちゃんは賢治の原稿の散逸を防ぎ、賢治のために生きた。それがおじいちゃんの生きがいだった。自分もそうありたい」「『注文の多い料理店』のモデルになった建物が残されていたが、市民の理解がなくて壊されてしまった。（松本城や旧制松高校舎を運動によって残した）松本市民だったら絶対そうさせなかったのでは。花巻市民は賢治のことを本当にわかって愛しているとは言えない」といった話である。

私は当時、松本地方の新聞の編集委員（自分の専門分野を生かして取材執筆できる役職）を務めており、彼との話の最中、ノートを広げてメモしたい衝動にかられたが、これは仕事ではないと自分に言い聞かせてやめた。夕方宿に帰って逐一思い出し、「旅の手帳」に記したのだった。

この「林風舎」で記念に買った黒い革の手帳が手元にある。賢治の本物の「雨ニモマケズ」手帳と同じサイズ（いまのスマホほどの大きさ）のレプリカ（復刻もの）で、開くと昭和六（一九三一）年、病に伏すことが多くなった晩年の賢治が、九ページにわたって記した「雨ニモマケズ／風ニモマケズ――」の詩が、賢治ならではの書体で記されている。文字を黒く消したり、棒線を引いて書き直したりのただ書きつけたというだけの詩だ。題もついていない。

その前後のページには「南無妙法蓮華経」などの言葉が、賢治が帰依《きえ》した日蓮宗独特の書体で書かれ、あたかも彼の深い苦悩とひたすらな祈りが込められているようである。

そして何より「雨ニモマケズ」の詩が、読んだ私たちの胸を打つのは、「ミンナニデクノボー」と呼ばれる、「ホメラレモ」「クニモサレ」ない、そういう者に「ワタシハナリタイ」というのが、賢治のうそ偽りない真情であり、心からそうなりたいと願って実践してきたがついぞなれなかった、との思いが伝わってくるからにほかならない。

この詩は公に発表されたものではなく、つまり人に見せるつもりはなく、賢治が手帳に自分のために刻したものだから、見栄も体裁もない。まさに本心であって、詩というより〝願文〟〝絶唱〟であろう。

哲学者で、法政大学総長を務めた谷川徹三さん（故人）は講演集『雨ニモマケズ』（講談社学術文庫）で、「賢治の文学はどこまでも実践者の文学であり、その死も実践者の死であった」としたうえで、「雨ニモマケズ」の詩は「明治以来の日本人が作ったあらゆる詩の中で、最高の詩であると思います。もっと美しい詩、あるいはもっと深い詩というものはあるかもしれない。しかし、その精神の高さにおいて、これに比べうる詩を私は知らない」とたたえている。

賢治が「雨ニモマケズ」を手帳につづった昭和六（一九三一）年、岩手は豪雨洪水、冷害等に見舞われ凶作であった。飢餓、貧困は深刻の度を増し、失業、児童の長期欠席、娘の身売りが相次いだ。前年の世界恐慌も影を落とし始めていた。賢治は病をおして農民の相談に応じたり、詩や童話「グスコーブドリの伝記」などを発表したりしてきたが、八年九月二十日、急性肺炎にかかって容態を急変させ、短歌二首（絶筆）を墨書き、翌二十一日父に国訳法蓮華経一千部を作って配ってほしいと遺言し、息を引き取った。「病のゆゑにもくちんいのちなりみのりに棄てばうれしからまし」

――宮沢賢治。教師で農民、詩人、童話作家。それは「ほんとうのさいわい」を求め、身心を酷使しながら比類なき作品をたくさん残した、まことに稀有な三十七年の生涯であり、このあと、日本は動乱が起き、あの日中戦争、太平洋戦争に突き進んでいった。

そうした時代に東北の片隅に、自分のことはさておき、人々や農村が少しでも豊かに、幸せになるよう身を粉にして努めた人がいたと思うと、驚くと同時にうれしくなる。私たち凡人はとても賢治にはなれないけれど、彼の精神、生き方に学ぶことはできる。

私は畑で草をむしり、作物と向き合っているとき、賢治を思う。すると植物も虫も動物も命あるものはひとつながりなのだと感じられる。書斎で本を開いたり、書いたりしているとき、賢治を思う。そして人はわが子や孫を優しく抱きしめるように、周りの人たちにも優しくできないものかと思うのだ。いま宮沢賢治の精神から学ぶとしたら、まずはそのような思いを取り戻すことではないか。私は近々再び、賢治のふるさとを一人訪ね歩きたいと思っている。

梅原　猛

自然を離れて人間はどこへ行く

『仏教の思想』

出典・平成四年五月、同八月刊　角川文庫

私が梅原猛（一九二五〜二〇一九）の名を知ったのは高校三年のころであったと記憶する。受験勉強に身が入らず三島由紀夫の小説を読んでいた時期があり、三島を読むということは、昭和四十五（一九七〇）年十一月二十五日のあの割腹自決にも思いをめぐらすということで、事件から数年を経て論評は続々出ていたのではないか。そんななか、三島と同じ年の梅原が鋭い批判を展開していて、厳しい見方をする人だな、と私の中に哲学者・梅原猛の名がインプットされたのだった。

梅原が三島の死にざまにどんな批判を述べていたのか、いまとなっては思い出せないが、のちに梅原は『百人一語』（新潮文庫）に三島を登場させて簡潔に論述している。『百人一語』は梅原が日本の宗教家、政治家、学者、武人、文人ら古今百人の先達を選び出し、それぞれの「一語」からその人の人生と思想を端的に紡《つむ》ぎ出した一冊で、朝日新聞に三十年ほど前、二年半にわたって連載された。「梅原日本学」を打ち立てた彼ならではの卓越した人物論集である。

三島について梅原は、自分が一番好きなのは「海と夕焼」で、三島由紀夫という「詩人」

の最も根源的な内面の秘密を語る短編のように思われる。「不幸な幼時体験を持った人間は、夢、あるいは奇蹟なしに人生を生きることが出来ない。彼にとって文学、あるいは詩は、そういう奇蹟を現出する魔法の杖であったが、彼は作品の上だけでなく、現実にもこのような奇蹟の実現を夢見た。（中略）奇蹟の希望を再現しようとして、まことに滑稽と思われる壮絶な死を遂げた」と記している。これは批評ではなく、三島の痛ましい死に対する追悼と言える。

『百人一語』で最初に取り上げた人は親鸞、そして最後百人目は宮沢賢治である。賢治の童話「なめとこ山の熊」の「お、小十郎、おまへを殺すつもりはなかった」の言葉を選び、「小十郎はイエス・キリストのように自らの身を熊に捧げたのではないか」と前置き、「人間と動物の間には、『食う→食われる』という一方的な関係が存在しているのも確かなことである。真に『共生』ということを考えるならば、この関係を『食われる動物』の側から見なければならない。小十郎は、ただ『食う』側に身を置いて何の反省もない人間に代わって、『食われる』側に身を置いた」とする。

梅原は宮沢賢治を「日蓮以外に彼ほど『法華経』の精神をよく理解し、『法華経』に出てくる菩薩の心を自分の心として自分の人生を生きた仏教者は存在しない」（『梅原猛、日本仏教をゆく』朝日新聞社）と述べ、わが国の最高峰に位置する偉大な文学者だと評価する。

賢治の共生の世界観こそがこれからの人類の生きる道であると、ほかの著書でも度々力説している。

さて本題の『仏教の思想』（全二巻、角川文庫）だ。私は二十代の終わり、新聞社の基幹支局の主軸としてバリバリ記事を書き、大きな手応えを得る一方、あまりの忙しさに倦《う》み疲れてきていた。すでに結婚し、子どももいたが、もともと内向的、文学的な人間であり、この生活には何か大事なものが欠けていると思い始め、高校時代に太宰治にすがったように、その答えを求めて本を手にするようになった。

この連載ですでに取り上げた水上勉の評伝『良寛』を読んで、二百年前の越後に生きた沙門良寛の無一物の境涯に、激しい衝撃と不思議なほどの魅力を覚え、良寛に関する本を次々に読んで良寛という人にはまっていった。その延長線で、そもそも仏教とはどういう宗教で、どのように日本に伝えられ、受け入れられて今日に至ったのかを、自分は知らずにいることに気づかされ、それを探訪してみたくなった。仏教を知る書物を渉猟《しょうりょう》するなかで、『仏教の思想』に出会った。

私は結局、最初の新聞社に丸十年いて辞め、別の職を経て再び新聞記者に戻るが、その際、前の記者時代のようにすべてを仕事に傾注せず、毎日一、二時間は本を読む時間に充てようと誓った。したがって三十代、私は記事も書いたが、本も読んだ。立花隆、本多勝一、柳田邦男、佐野眞一、沢木耕太郎、森本哲郎、松本清張のノンフィクションもの、宮沢賢治、梅原猛……。

そのころ本の好きな人に、「梅原猛を読んでます」と言うと、大概「梅原猛ですか。難しくないですか」の答えが返ってきた。哲学者の肩書きからそういうイメージを持たれていたようだが、読むと全くそんなことはなく、文章は論理的で頭にすっと入る。梅原がその直感力、独創力で〝鉱脈〟を掘り当てたときなどは、熱と興奮がこちらに伝わってきて、推理小説を読むような面白さもあった。

私は梅原猛に導かれて仏教の深遠な世界に踏み込んでいった。梅原がなぜ仏教に関心を抱いたかは、西欧哲学の研究から日本思想の研究に変えようと考えたとき、仏教の知識が不可欠だと感じたからという。そして仏教を研究するうち、仏教には多くの宝が隠され、将来の人類にとって重要な思想が含まれていると知り、『仏教の思想』をまとめたというのだ。

上巻は「仏教の現代的意義」「三国伝来の仏教」「絶対自由の哲学」「仏教のニヒリズムとロマンティシズム」の四章。最初の「仏教の現代的意義」が総論であり、結論であると言っていい。

「今世界は一つの思想を求めている。それによって、世界の多くの国々のひとびとが、仲よくやってゆき、平和と繁栄を享受し、物質的豊かさと同時に精神の自由を楽しむことができるような思想を、今の世界は求めている」とし、釈迦に始まる巨大な思想体系として仏教を理解するとき、共通の特色はどこにあるのかを見なければならない、それは生死、慈悲、業《ごう》の三つの概念だと述べる。

釈迦は生きることは苦である、苦の要因は愛欲なのだから、欲を断つべく修行せよと唱えたが、梅原はのちの大乗仏教がこの「死の哲学」のうえに「生の哲学」をつくり、「否定の哲学」から「肯定の哲学」への道を大胆に切り開いたとしたうえで、生死、慈悲、業について考察してゆく。

仏教の現代的意義について「今後の人間は人類全体の破滅の可能性を考える必要があると思う。そしてその破滅をまぬがれるために、あらゆる人間、あらゆる国家は、自己の内部にある我欲の強さを反省」し、人間の業の深さを凝視して「業の歴史的反省のみが、戦争をまぬがれる方向だと思う。もう一度業の思想がかえりみられる必要がある」とまとめている。

いま求められるのは慈悲と寛容の精神

下巻は「死の哲学から生の哲学へ――生命の哲学としての密教」「親鸞と『教行信証』」「道元の人生と思想」「日蓮の人生と思想」の四章から成る。日本に伝来した仏教を空海の話から始め、最澄、親鸞、道元を説く。いずれも偉大な開祖であり、今日の私たちの多くが信仰する仏教を形づくった人。どの章も面白くてためになるが、私はひときわ空海の梅原の文章に熱いものを覚える。

弘法大師空海はさまざまな伝説に彩られ、何が本当なのかわからないなか、梅原は空海の書いた『三教指帰《さんごうしいき》』ほかを読み込み、その六十二年の生涯を四期に分け、「空海の中には、二つの人間があるように見える。一つは世間的な才能、現実的な才能の持ち主としての空海。もう一つは、世間をのがれて、ひたすら山の孤独に帰ろうとする空海である」と言う。

独り修行を積み、心を清浄に保って生の苦しみから解放されれば、生まれ変わり死に変わりの輪廻《りんね》から逃れられる。これは釈迦が立てた仏教の教説だけれど、空海が中国から持

梅原猛の影響を受け、仏教思想をさかのぼって、中国の西安、楽山、峨眉山、道元が修行した天龍寺などを取材して歩いた若き日の著者（一九九三年四月、天龍寺）

ち帰り、日本に広めた密教はそれを自然哲学に改造し、自然崇拝に変化させた。自然崇拝はわが国固有の信仰でもあったから、密教がはじめて神仏統合を可能にしたと梅原は論じる。

そのうえで、現代文明は「人間が自己と自然や、他の動植物との違いを強調し、人間の自然および動植物支配を合理化する方向だと思う。このような文明の方向によって、巨大な技術文明が誕生した。そのような巨大な文明の中にあって、人間は、ますます傲慢になり、ますます自然から離れてゆく。このように人間を生み出した母なる大地を離れて、いったい人間はどこに行くのであろうか。人間はもう一度おのれの故郷へ帰る必要がありはしないか。大地に生まれながら、大地を忘れた人間は、もはや帰るべき故郷がないのであろうか。私はもう一度人間の自然との同一が確認されねばならないと思う」と問うている。

空海は時の天皇に認められ、都の活動の拠点に東寺《とうじ》を与えられ、遠く高野山に根拠地を置くことも許された。無名の一青年から出発し、中国留学から帰国後は、超人的な活躍を見せた。

しかし、人生の夕暮れが近づくと、俗世間から離れて高野山に帰り、最後は「人間の味を用いず」と言った。梅原はこう述べる。「いまさら人間の味をどうして必要とするのか。（中略）彼は清澄な山の空気に、おのれの心の汚《けが》れを洗うことを好んだ。近づく死、死の期になっても彼は自由に、自己の生の終幕を静かな死の歌をうたいつつおろしてゆくのである」

私自身はこのように考える。生の活力に満ちあふれているときは存分に生きよう。若さを謳歌し、遊ぶときは遊んで、失敗し恥をかき、後悔したとしても経験のうちだ。いったん仕事に就いたら力の限り働き、家族を持ち、出世競争し、お金を稼ぐのもよかろう。現役時代とはそういうもの。だが現役を退くときが来たら、いつまでもその地位に固執せず、さっと身を引いて、ふるさとと言える場所に帰り、美しい山河と自然の移ろいの中で、静かに暮らしつつ老いる。それが人間として最も好ましい。私は梅原の空海の文章を熟読しながら、そんな思いを強くする。

しかし、世の中の特に政治家などはいつまでも現役にこだわり、その名声や地位にしがみついて譲ろうとせず、老醜をさらしている。会社員でもいくつになろうと会社に居残り、周りから煙たがられる人が少なくない。昨今は生活費を稼ぐためという事情もあるので、一概にそれを否定はできないけれど、だらだら勤めを続けているうち、健康寿命が尽きてしまうのは確かである。

話が『仏教の思想』から少しずれてしまった。空海についてだいぶ引用したので、同じ時代の最澄にも言及しておきたい。梅原には最澄をまとめた『最澄瞑想』（佼成出版社）と題する一冊があり、ここで梅原は最澄と空海の交わりと対立、絶縁などに触れながら次のように述べる。「最澄の文章にはいつも悲しいところがあります。たえず何か、他人のためにしようとして、それができない悲しみが、彼の文章にはあふれている。（中略）天台本覚論の思想は、あの『山川草木悉皆成仏《さんせんそうもくしっかいじょうぶつ》』という言葉に最もよく表現されています。ここにきて、人間の自覚の宗教であったはずの仏教が、完全に、自然中心の宗教に転化したといえます。仏教が完全に日本の仏教になった」とし、のちの法然、親鸞、栄西、道元、日蓮といった開祖たちはみな、ここから生まれ育った。そして最澄も空海同様に山を愛し、一切の生きとし生けるものに深い慈愛を注ぎ、彼自らがつけたであろう僧名にふさわしい「最も澄んだ人」となったと。

ただ、最澄の戒律の簡略化が親鸞によって徹底されて、僧の肉食《にくじき》妻帯などを許し、明治以降、戒律の軽視が進んで、戦後はさらに空洞化、形骸化して東南アジアなどの仏教と大変異なるものとなったことは否めない、と別の書で指摘している。

別の書とは『梅原猛　日本仏教をゆく』（朝日新聞社）である。中学・高校生を対象に講じた『梅原猛の授業　仏教』（同）と合わせて読み返してみた。仏教の歴史、わが国の祖師たちの人生のみならず、人間にはなぜ宗教が必要か、現代の仏教はどうなっているのか、いまこそ仏教が求められている、といった重いテーマについてやさしく語られ、地球温暖化、コロナ感染、戦争、財政破綻《はたん》、食料やエネルギー危機もあり得るこれからを考えさせられた。

授業の最後、梅原はこのように生徒たちに呼びかけていた。「世界は多を含むことによってすばらしいのです。多神論は正義より寛容の徳を大切にします。いま世界で求められるべき徳は正義の徳より寛容の徳、あるいは慈悲の徳であると思います。この寛容の徳、慈悲の徳が仏教にはよく説かれています。（中略）これからの世の中どうなるか分からない。財産も地位もすべてあてにならない。あてになるのは自分で生きていく力だけです。自利利他の精神で立派な人になっていただきたい」

『共生と循環の哲学』

出典・平成八年十一月刊　小学館

いまから四十年前の昭和五十八（一九八三）年、梅原猛は東北地方を旅して歩いて『日本の深層　縄文・蝦夷《えぞ》文化を探る』（佼成出版社）という本を書いた。『日本書紀』などが、東北地方に狩猟採集生活を続けて大和朝廷になびかなかった蝦夷と言われる民がいたことを語るが、この蝦夷は縄文の遺民ではあるまいか。東北の蝦夷は大和朝廷の権力を受け継ぐ日本の中央政府に征服され、江戸時代の終わりにはほぼ全滅する。しかし東北には縄文文化の痕跡が根強く残っているのではないか。

そうした仮説のもとに梅原が東北各地をめぐり、思索し、紀行形式でつづっている。その仮説が正しいかどうかは専門家でない者にはわからないけれど、読み物としてはとても興味深い。

私は太宰治に耽溺《たんでき》した青春時代があり、宮沢賢治に魅了された三十代がある。仕事の合間の短い休暇に津軽や花巻に一人出かけてもいる。柳田国男の『遠野物語』（岩波文庫ほか）を読み、その遠野に足を延ばしてみたし、高村光太郎が戦争責任を痛感し、戦後独居生活した花巻郊外の山小屋を訪ねた夏もある。

梅原猛の『日本の深層――』には、これらのすべてが登場し、私の平面的な思いとは比較にならない深い考えを示している。

太宰の紀行小説『津軽』が好きで、これにならって旅をしたのは私も梅原も同じだが、梅原は「津軽人の太宰が、けっして語ろうとしなかった故郷の姿がある。それは津軽に残る宗教である」とし、生家金木町近くの地蔵信仰、ねぶた祭りの話から「彼にとって、イタコもねぶたも、あまりに恥ずかしい風景であったにちがいない。太宰は津軽人であることを恥じた。特におくれた津軽の象徴であるその宗教や民俗を恥じた」と記す。

だが、梅原は太宰の沈黙、羞恥に代表される東北人の特徴について「過去の高い文化の無意識なる記憶」がそうさせると言い、「東北はけっして文化果つるところではない。むしろその内面に、かつての輝かしい文化の記憶をもち、それを語るに語れない焦燥に悩むところなのである」と述べている。

柳田国男の『遠野物語』についての解説は鋭い。この物語は柳田が三十代のころ、岩手・遠野出身の佐々木喜善という若者が訪ねて来て、遠野に昔から伝わる山男、雪女、河童、座敷わらしなどにまつわる不思議な話を口にし、聞いた柳田が現地にも足を運んで高揚のうちに書き上げた作品で、明治四十三（一九一〇）年自費出版された。「柳田民俗学」の出発点に位置し、不朽の名作として今日に至るが、出版当時は大して反響はなかった。

「願はくはこれを語りて平地人を戦慄せしめよ」。初版序文にこう刻したように、柳田がこのとき耳を澄まし、いたく心を動かされたのは遠野の「山人」の声である。

梅原は「われわれがこの世に生きている世界の深層には、別の世界が隠されている。それが山人の世界である。山人は、われわれが追いやった、かつての日本の原住民ではないか」と問い、だが柳田はこの山人の研究に深入りすることをやめ、山人から里人（平地人）の研究に移した。「稲作をもって島伝いにやってきたという、日本人の祖先の研究である。柳田は、もはや自己を山人と同一化せず、里人と同一化してしまった」とし、「柳田は山人研究の前途に不安をもったのではないか。山人研究は、日本の体制の核心部に迫らざるを得ない。天皇制の思想を危うくするような不穏な思想は許されない当時においてはもちろん、現在においてもシビアに天皇制と差別という問題と関係している。柳田はそれをよく知っていて、それを避けたまま彼の民俗学を大成させた」と批評している。

詩人で彫刻家の高村光太郎についても記しておきたい。光太郎は妻の智恵子を失ったころから戦争詩を盛んに書いた。パリ留学で芸術の美、人間の尊厳を学んでいたのに、太平洋戦争が始まると、熱烈に天皇を崇拝し、西欧を討ち破れと戦争賛美に向かった。東京大空襲でアトリエを失い、宮沢賢治との縁で花巻に疎開、終戦を迎えると花巻郊外の山小屋に移って、六十三歳から七年もの間、農耕自炊のつましい小屋住まいを続けた。

戦争に加担したほとんどの知識人、文化人、教育者が敗戦後、手のひらを返して平和や民主主義を唱え出し、学生らに強い不信感を抱かせたことはよく知られている。だが、光太郎だけは東京に帰ろうとせず、自己流謫《るたく》、すなわち自分を〝島流し〟にする生活を課した。そして「おのれの暗愚をいやほど見た」ので「よし極刑とても甘受しよう」と詩に詠んだ。

私はこういう誠実な高村光太郎が好きであるし、一人の人間として信じられる。梅原は「自由主義者であったずの光太郎をして、あのような高らかで純粋な戦争肯定の歌を歌わせたのは、智恵子の死によってポッカリと心の中に空いた大きな穴であったかもしれない」と想像し、「光太郎の中にはあえて自らを罰しようとする心があったにちがいない」と述べている。

『日本の深層』は、みちのくの果てに栄えた華麗な文化、生霊・死霊の故郷出羽三山、会津魂などを考察しながら、「東北に残った蝦夷文化はアイヌ文化と深い関係をもっている。しかも、その文化は縄文文化の名ごりをとどめ、狩猟採集生活における人類の知恵のひとつの極限を示しているのである」と結論づけている。

生きとし生けるものは同じ生命

『〈森の思想〉が人類を救う』（小学館）は、梅原猛の思想の集大成の一冊であろう。論文ではなく、講演集なので読みやすく、わかりやすい。「日本の宗教（第一部・日本の信仰　第二部・日本の仏教）」「インドの思想と日本の文化」「三つの危機を迎えて―二十一世紀の世界と仏教の役割」「〝森の思想〟が人類を救う」「人間の宗教から森の宗教へ」の五章。要約してみたい。

――日本列島には縄文時代、かなり高い文化を築いた狩猟採集の土着民がいた。そこへ二千三百年ほど前から稲作農耕文化を持った人たちが大陸から渡って来て、九州、近畿地方を占領し、日本の国をつくった。このことは『古事記』『日本書紀』の記述からも明らかである。その神話は天つ神（先祖はアマテラス）が、土着の国つ神（先祖はスサノオ）を征服し、大和朝廷ができたことを語ってい

仏教の思想から共生と循環の哲学へと考えを深めた梅原猛。人類は危機を乗り越え、どこに向かって歩み続けるのだろう（仏教の聖地の一つ、中国・楽山の大仏）

る。

渡来人たちは森を伐り開き、田畑にした。ただ伐ってはならない所があり、神社の森だった。それは現在まで受け継がれ、神社には必ず森がある。木は何百、何千年と生き続ける生命のシンボルであると同時に、人間は木を用いて生活を成り立たせている。したがって巨木や柱への信仰はごく自然なことで、そうした縄文時代の神道の名残りは、アイヌや沖縄の宗教にいまも濃く見られる。

そのうえで「生きとし生けるものはすべて同じ生命である。その生命の信仰の中心は木である。そして生命はみな死んでまた蘇る。死んであの世へいってまた帰ってくる。そういう循環をくり返している。こういう二つの考え方は、現代の日本人の根底に根強くあります」と梅原は主張する。

やがて仏教が伝来する。仏教にはもともと祖先崇拝、死者供養はなかったが、日本の土着の信仰には死者をあの世に送るというものがあり、それが仏教の中に入り込んで、仏教の中心に据わる。浄土宗、浄土真宗のみならず、どの宗派も葬式、死者供養（年忌、お盆、お彼岸）の行事を最も大事にするようになったのだと。

そして二十一世紀における人類の危機は、核戦争、環境破壊、精神崩壊の三つが考えられると梅原は言う。

確かに核使用に至る戦争の危機はいま現実に起きているし、地球温暖化等による異常気象、災害は世界各地で頻発している。精神崩壊はデジタル化、ネット化社会においてますます深刻になってきた。利便性、快適性ばかり追い求めた現代科学文明の〝負〟の部分が、人間の精神、特に子どもから若い人たちの心を蝕《むしば》んで未成熟に、不健全に、いびつにしているのはまちがいない。

梅原は「宗教からも道徳からも解放された人間はいったいいかなる人間になるのか。それは無限の欲望の満足をひたすら希求する人間です。現代人は宗教と道徳から解放され、日一日、純粋な欲望人になりはてていく」と危惧《きぐ》し、際限もなく進む地球環境破壊について「かつて人類が直面したどんな危機よりも、ずっと深い危機ではないかと思われる。（中略）人類は一直線に地獄への道をたどることは火を見るより明らかです。われわれは文明の原理を、人間の自然支配を善とする理想から、人間と自然の共存をはかる思想に転換しなければなりません」と警告する。

私は退職後、春から秋にかけては雨の日以外、畑に出ない日はまずない。大地に腰を下ろしてただ風に吹かれている日もあるけれど、これが生きものである人間の本来の姿だ、ここにこうしている自分は正しい、と感じることができる。これは梅原猛の唱える「森の思想」とは少し異なるとはいえ、精神性においては同じではないかと思う。

おしまいに『共生と循環の哲学』（小学館）を取り上げたい。読み直し始めてすぐ気づいたのは、これも論文集ではなく講演集で、『〈森の思想〉が人類を救う』のあとに出され、この二冊が梅原猛の思想の枠を表しているということ。「人間は、自然を父とし母として生まれたものであり、自然のなかの他のすべての生きとし生けるものと共生する以外には生きられない、そういうことをはっきり認識する必要があります。私は人間には、神によって与えられた自然支配の特権などというものは存在しないと思っています。（中略）そして個人の存在に絶対の重きをおくのではなく、自己の人生は、遠い過去の先祖からはるか未来の子孫への、ほんのひとときの経過点にすぎない、とみる視点が必要です」。自然との共生を人類の根本原理に置き、個人の長くて百年の生は循環を続ける人間の生命の一つでしかない、と言うのである。

「原始宗教の名残りをもっているアニミズム的思想は、とっくのむかしに人類が精算した思想のように思われていますが、私はむしろ、そのような思想こそいま人類が直面している地球環境破壊の問題の解決に有用な示唆を与える思想のように思っています。（中略）いま必要なのは人間中心の世界観への批判であり、人間が自然のあらゆるもの、動物や植物やあるいはさらに無機的と考えられた山や川と共生していく思想なのである」。これは日本の基礎を創った聖徳太子の思想から敷衍《ふえん》して述べたもので、「現代の世界は聖徳太子から学ぶべきことは多々ある」と締めくくっている。いまから三十年前、ロンドンでの講演である。

私自身はこう思う。日本は明治維新以来、西洋文明を取り入れ、欧米に追いつけ追い越せと近代化に猛進し、侵略戦争の末にぺちゃんこにつぶされたものの、そこから立ち直り、世界屈指の経済大国に上り詰め、いま斜陽化の途中にある。

社会全体を覆う行きづまり感に、ある人は必死に抵抗し、ある人はあきらめて無気力となり、ある人は不安をまぎらわそうと、いかがわしい新興宗教やレアな世界の何ものかにすがりつき、ある人は不気味な犯行に走る。「無縁社会」の言葉に象徴される人と人の温かなつながりのない、スマホだけが友だちのような、個々がばらばらな社会になってきたのは、現代科学技術文明の豊かさ、便利さの代償と言えるのではないか。

経済大国としての斜陽化が避けられないなか、生きるとは本来どういうことなのか、本当の豊かさとは何なのか、根本から考え直すときが来ており、梅原猛の自然との共生、過去そして未来との循環の思想が、いま最も求められているのではないか。日本人は古来ずっとそういう考え方、とらえ方をしてきたのだから、一人一人の心の深奥にそれは残っているはずで、呼び戻せるにちがいないと。

「通説にとらわれず、真実の姿を総合的に見極めるのが哲学者の使命」と公言し、奈良・法隆寺は聖徳太子一族の怨霊を鎮める寺だと論じた『隠された十字架　法隆寺論』、柿本人麿は刑死したと説いた『水底の歌　柿本人麿論』などで、従来説を覆して話題を呼び、専門家からは反論も浴びた梅原猛。国際日本文化研究センター（京都市）の創設に尽力して初代所長を務め、晩年は「九条の会」の呼びかけ人となったり、東日本大震災の原発事故を「文明災」と批判したり、政治や社会の在り方に警鐘を鳴らした。

二〇一九年一月、九十三年の生涯を終えるが、これからの人類を導く哲学を打ち立てようと、「人類の闇と光（仮題）」と題する大作の執筆に取りかかっていたという。それは未完に終わった。だが、梅原の独創力、探求力は古代史、宗教、文学、芸術など幅広い分野で多くの著書を生み出し、それらは専門家の小難しい論とは違って、面白くて読みごたえがあった。軍隊体験を糧にしたさまざまな権威に屈しない言動もまた、いまに至る私の生き方の根幹を形づくってくれたようである。

小沢さとし

彼女は始め童謡歌手だった

『もうひとりの美空ひばり』　出典・平成九年六月刊　総和社

「あの日からもうそんなになるのか。……すべてが夢の中の出来事だったような気もする」。小沢さとしは、信州・箕輪町の東山の高台にある資料館「美空ひばり歌の里」の事務室で、隣に腰かける私の「ちょうど五十年ですね」の問いかけに、感慨深げに答えた。その横顔は心なし寂しげに見えた。令和四（二〇二二）年晩夏、資料館を囲む雑木林からヒグラシの声が聞こえる夕方だった。

「あの日」とは、小沢が「昭和の歌姫」美空ひばりに初めて会った日を指す。昭和四十七（一九七二）年八月二十九日、場所は東京・赤坂のコロンビアレコード社専務室。なぜ小沢がそこで美空ひばりに出会えたのかだが、小沢は大学卒業後も東京に住んで、大学時代に師事した福田清人（児童文学者）、小田切進（文学者）の指導の下、児童小説作品を仕事の合間にせっせと書いていた。

書き上げた長編『青空大将』が日本児童文藝家協会新人賞を受賞し、出版社が記念対談の席を設けるので、対談相手は誰がいいかと聞いてきた。美空ひばりの大ファンだった小沢は冗談半分、「美空ひばりさんでお願いします」と言うと、担当者は目を丸くしたが、それが何と実現してしまったのだ。

当時ひばりは目黒に自宅を新築中で、コロムビアレコード社前のマンションに仮住まいしていた。母と共に現れたひばりは、テレビで見慣れた華やかな衣装に身を包んだ美空ひばりではなく、服はほとんど普段着で、素顔の加藤和枝（本名）の感じだった。有名人でも芸能人でもない自分への気遣いだったのだろうと、小沢はいまにして思う。

対談予定時間は二十分だったのに、話が弾んで一時間を超えた。小沢を驚かせたのはひばりが『青空大将』をきちんと読んできていたことだった。

さらに驚かせたのは、対談後、二人だけでエレベーターに乗って一階に下り、社外に出たところで、ひばりが目の前を指さして「あれが私のいるマンションです」と言い、電話番号を紙に書いて

東京・赤坂のコロンビアレコード社で小沢さとしは、大ファンだった美空ひばりと初めて出会い、対談した（一九七二年八月・小沢さん提供）

渡してくれたことだった。天下の美空ひばりが、芸能界とは無縁の、地味な児童文学の新人賞を取っただけの一青年からの対談希望に応じたうえ、家の電話番号まで伝えるとは、あり得ない奇跡のような出来事だが、初対面の小沢をひばりがとても気に入ったということだ。

しばらくして小沢は、教えられた電話番号に思い切って電話した。ひばりが出て、とりとめのない会話のあと、「切符を受付に預けておきますから」と、近々開幕する明治座公演に招待してくれた。小沢は出版社の人と二人、生まれて初めての観劇に出かけた。

終わって幕が下り出し、ひばりの顔が隠れそうになったそのとき、ひばりがこちらに向かって勢いよく手を振ってくれるではないか。小沢にとってそれは「衝撃的な一瞬」だった。小沢は楽屋に駆けつけ、無理を承知で次作『消えた金印』のあとがきをひばりにお願いすると、これも引き受けてくれたのだった。

小沢さとしと美空ひばりのつきあいは、このあと十年に及び、四十代半ばでふるさと信州伊那谷（上伊那郡箕輪町）に帰った小沢は、還暦を前に私財を投じて「美空ひばり歌の里」を建て、ひばり顕彰に生涯情熱を注ぐ。

私が小沢に「まさに運命ですね。美空ひばりにとって小沢さんは、どういう存在だったんでしょう」と尋ねると、小沢は躊躇《ちゅうちょ》なく「弟のような存在だったと思う」と答え、「私のほうも美空ひばりではなく、優しい姉加藤和枝と接していた。彼女は私のような全く違う世界の人間と素顔でつきあうことで、芸能のことをしばし忘れ、心のやすらぎを得ていたのだろう」と言った。

昭和四十七年という年は二月、札幌冬季五輪が開かれて、スキージャンプの笠谷ら日本選手が金銀銅を独占する明るいニュースの一方、連合赤軍による浅間山荘占拠の銃撃戦が、テレビで長時間生中継されて国民みんな画面に釘づけとなった年。五月沖縄返還が実現し、七月は「今太閤」田中角栄が首相に就いた。大規模乱開発と公害がクローズアップされ、八月のミュンヘン五輪では人気の男子バレーボールチームが念願の金を獲得。九月に日中国交正常化が成り、十月には中国からパンダが上野動物園にやって来てブームが起きるなど、大きな出来事が相次いだ。

そんな騒々しい世情の中で、三十四歳の小沢は、一つ年上の美空ひばりに巡り会い、ひばりから新曲のレコードジャケットに、サインと「お互いにいつまでも頑張りましょう 今日の我れに明日は勝つ」の言葉をもらって「よし、頑張るぞ」と力をみなぎらせていたのである。

昭和五十（一九七五）年の暮れのこと、ひばりから小沢に突然電話がかかってきた。「明日の午後、芸能生活三十周年記念曲の吹き込みをやりますから、コロンビアまで来てください。きっとよ」と念を押され、小沢はひばりがレコーディングの様子を一度見せてやろう、ということだろうくらいに思って、仕事を休み、赤坂のコロンビアレコード社に駆けつけた。スタジオにはすでにひばり、ディレクターの森啓、作曲家の船村徹の姿があった。ひばりは小沢の顔を見るなり、「遅かったじゃないの。私も一生懸命歌うんだから、あなたもしっかり書いてよ」と言いながら、緊張した面持ちで録音室に入って行った。

ガラス越しに小沢が目を凝らしていると、ひばりは肩で大きく息をし、音楽に合わせて歌い出した。いつもの聞き慣れた声が耳に入ってきたのだが、どこかで聞いた歌のような気がし、次の瞬間体に電流のようなものが突き抜ける。ひばりが歌っている曲の詩は、小沢が以前にひばり宛ての手紙の中に書いて送っていた「歌の里」だった。まさかそれが船村徹作曲で歌になり、芸能生活三十周年リサイタルの記念曲に選ばれているとは夢にも思わず、小沢はうれしさを通り越してただ茫然としていた。

「美空ひばりという人は、とても茶目っ気のある楽しい一面を持っていて、この日のことを私は誰からも全く知らされていませんでしたから、驚かせてやろうというひばりさんらしい仕掛け、たわむれ、思いやりだったのではないか」と小沢は話す。

レコーディング後、握手を交わし、ひばりが立ち去ろうとした後ろ姿に小沢は、「ひばりさん、ぼくが発行しているメルヘン雑誌に詩を一つお願いできませんか」と図々しく声をかけた。ひばりは足を止めて振り返り、「詩?」と言って首を傾げ、そのまま行ってしまった。

小沢はタイミング悪く頼んだことを後悔したが、後日ひばりから手紙が届き、開けてみると何と直筆の詩が入っているではないか。「これは私にとって大事な詩ですから、大切にしてくださいね」とあり、昭和四十八年九月発行のメルヘン雑誌『はないちもんめ』に見開きカラーで掲載して、ひばりの労に報いた。この雑誌は「美空ひばり歌の里」で展示公開している。

「♪山のカラスも　日暮れの時にゃ　ねぐら探して　帰ると聞いた　私には帰る里がない　私を待ってる　ふる里は　力の限り　命をかけて　心でうたう　歌の里――」

ひばりは小沢作詞のこの曲を、中野サンプラザホールでの三十周年記念リサイタルで披露し、その後もコンサートで歌い、大みそかのＮＨＫ紅白歌合戦の裏番組「美空ひばりショー」（民放）でも熱唱した。

美空ひばりの素顔を知ればこそ

こうした小沢さとしと美空ひばりの知られざるエピソードは、小沢がひばり没後に著した評伝『もうひとりの美空ひばり』（総和社）に余すところなく披瀝されている。私はあらためてページを繰りながら、なぜいつも小沢が美空ひばり、美空ひばりと口にし、資料館まで造り、多くのファンと共に「美空ひばりまつり」を二十年（二十回）も続けてきたか、その思いの大きさをようやく知り得た気がした。

『もうひとりの美空ひばり』は、平成元（一九八九）年六月二十四日午前零時二十八分、「昭和の『かぐや姫』美空ひばりは、昭和という激動の時代を道連れにして、天からの使者たちに守られてなつかしい生まれ故郷の天の国に帰っていってしまいました」の一文から始まる。

小沢は美空ひばりを「昭和の歌姫」「歌の女王」ではなく、「昭和のかぐや姫」と称している。「敗戦という混乱の時代から高度経済成長時代へと……それが崩れた平成時代に至るまでの間、夢を失って迷える人々に生きる勇気と力を与え続けるために天から遣わされた使者であった」というのである。

実際、ひばりは敗戦後、復興に立ち上がった日本人を励ますべくどこからか遣わされた感が

信州伊那谷の東山高台に小沢さとしが建てた「美空ひばり歌の里」の玄関先にある美空ひばり遺影碑

ある。昭和二十三（一九四八）年、十一歳でデビューを飾り、翌年「河童ブギウギ」を初レコーディング、松竹映画「悲しき口笛」で初主演し、同名の主題歌が大ヒット、ここからひばりブームの幕が開き、国民的歌手の座に登り詰めてゆく。

ただ小沢は「本来のひばりの歌は演歌などではありません」と断言し、「ひばりが特に前半生にうたった多くの歌は、まぎれもなく童謡。芸術的童謡ではないかも知れませんが、誰もが、ポケットに手をつっこんだままどこでも口ずさむことのできる、大衆的、庶民的童謡です」と記す。

したがって『もうひとりの美空ひばり』は、彼女は実は前半童謡歌手だった、明るく晴れやかな歌をうたって貧しき大衆の心をつかみ、子どもたちはその歌とともに成長したということを、時代背景を絡めながら証《あか》した一冊であり、ひばりの歌の魅力は「日本の歌にとって大切な言葉の一つ一つを、はっきりとごまかすことなく、心をこめてうたっている点にある」という点を強調した本なのだ。

ひばりの人気が高まるにしたがってさまざまな事が起き、芸能生活三十周年を過ぎたころから哀調を帯びた歌が多くなり、三十五周年後はずっと二人三脚で歩んできた母との死別や体調不良も重なって、その「真赤な太陽」は「悲しい酒」へと変わった。とりわけ弟のかとう哲也による暴力団絡みの事件をきっかけに、激しいひばりバッシングが起き、ＮＨＫ紅白歌合戦の出場が十六回で打ち切られるに至ったのは、つらい出来事だった。

だが、ひばりは一切弁明しなかった。「いまは黙して語らず、じっとがまんの子です。雑草は踏みつぶされ、唾をかけられるほど強く、たくましくなるのでございます。紅白に落とされても歌手として生き続けられることを後輩に伝えたい」と公演舞台であいさつし、気持ちを奮い立たせた。

小沢はそんなころ、群馬・高崎で最後までひばりの酒につきあった苦い記憶がある。巡業中のひばりから誘いの電話を受け、会場にオンボロ車で駆けつけ、舞台のそでに用意してくれた椅子でひばりを見たあと、ホテルに移動し、スタッフに交じって食事、続いてマージャン、一人消え、二人消え、気がつけば周りは自分だけになっていた。

「飲むほどに酔うほどにひばりは私にボソボソと怒ったようにとりとめもないいろんなことをいいながら、水割りをたて続けに何杯も飲んでいました。今思い出してみるとそれは文字通り『悲しい酒』のようでした。（中略）美空ひばりという人は、我々の想像をはるかに超えた悲しみや苦しみを背負って懸命にそれに耐えているのだということが、ひばりが飲んで口から出す言葉の端々からひしひしと感じられました」。その夜は一睡もせず朝を迎え、小沢は極度の疲労と切ない思いを抱いて高崎のホテルを後にした。

それから十年の歳月が流れた昭和六十二（一九八七）年。関西、東北、四国と地方公演に出ていたひばりは、一歩も歩けない状態に陥り、紹介された福岡の総合病院に入院、大腿骨骨頭壊死《えし》、慢性肝炎、膵臓《すいぞう》肥大が判明した。

それでも四カ月の入院を経て退院し、「みだれ髪」「塩屋崎」を収録、翌年四月十一日には東京ドームで「不死鳥」と銘打った復活コンサートを開き、三十九曲を歌い切って五万人の観衆を魅了した。

再起不能説もささやかれたなか、やってのけたのは持って生まれた負けじ魂、歌への飽くなき執念以外の何ものでもなかったと小沢は思う。「ああ、ひばりはいま、会場のファンはもちろん全国のファンに心から別れのメッセージを送っている」。小沢はその映像を見ながら泣けた。

フィナーレの長い花道を、ひばりは自らの人生の道のりをかみしめるかのように、しっかり目を開き、ゆっくり歩き通した。これが「戦後の焼け跡の中で歌い始め、昭和の幕が閉じるまでうたい続けた歌手、芸人美空ひばりにとっての事実上、最後の花道となりました」。小沢は『もうひとりの美空ひばり』の物語を、愛惜の情を込めてこう締めくくっている。

美空ひばりが没して七年余りが過ぎたある日、小沢は久しぶりに赤坂のコロンビアレコードを訪れた。当時ひばりのディレクターだった森啓と再会し、旧交を温め、一本のビデオテープをもらって家に帰るとさっそく見た。そこにはひばりが舞台で、「歌の里」をマイクが倒れそうになるほど全身全霊で歌っている姿が写し出されていた。

あのレコーディングの日、「私も一生懸命歌うんだから、あなたもしっかり書いてよ」と言われたことを思い出し、はたと気づく。「あなたもしっかり書いてよ」は、「あなたも頑張って早く売れる作品を書きなさいよ」と励まされたのだと思っていたが、そうではなく「私のほんとうの姿をよく見ておいて、いつか私のことをしっかり書いてよ」だったのだ――。

小沢はその日から在りし日のひばりの姿を追い求め、自分も懸命に生きた戦後という時代を検証し、もの書きとしての役目を果たすべく『もうひとりの美空ひばり』を書き上げるのである。あとがきで小沢は、「何事にも完全をめざしたひばりさんにしてみれば、こんなものではまったく不満でしょう。ですが、気くばりの人ですから厳しい顔をしながらも『とてもいいわよ』と、またいってくれるようにも思えます」とまとめている。

本の出版と並行して、小沢は「美空ひばり歌の里」を開設した。私はこの資料館前に完成した「歌の里」の歌碑と、ひばり遺影碑の除幕式に招かれ、当時勤めていた地方新聞の文化面に一ページを使ってその様子を報じた。平成十（一九九八）年五月二十五日付の紙面には「衰えぬひばり人気　『歌の里』の歌碑と遺影碑できる」「作詞者の小沢さとしさん〝永遠の歌姫〟との思い出語る」「船村徹さんも訪れ除幕」の見出しに、碑を前に記念撮影するファンの写真が大きく載り、五十九歳の小沢が感無量の表情で船村徹と握手している写真が載った。除幕に先立って「歌の里」のメロディーが流れると、県内外から集まった七百人を超えるファンから期せずして大合唱が起き、亡くなって九年たってなお、ひばりを慕う人の思いがいかに強いかをうかがわせたのだった。

「美空ひばりという歌手は、五十代より上の世代にとって、永遠のヒロイン。戦後を懸命に生き抜いた人々は、ひばりの歌にわが身を重ね、哀歓を共にし、生きるよすがとしてきた」と私は記事に書いた。小沢からのお礼の手紙の返信には「正直言いまして、私どもの世代は、ひばりへの共感、共鳴、尊敬は薄く、実感としてわかりにくいものがありますが、除幕式で小沢さんや女性ファンのひばりへの追慕の念の深さを知りました。小沢さんは美空ひばりと共に生きておられる。『美空ひばり歌の里』は小沢さんが後半生をかけて造られた小沢さんと美空ひばりのふる里である、そんな気がしています」としたためていた。

あの熱気を醸した除幕式から四半世紀の歳月が過ぎた。ひばりをしのぶブロマイドやポスター、レコード、写真、書籍などその数三千点が飾られた「美空ひばり歌の里」には、全国から観光バスが続々詰めかけたころもあったが、いまは静かにたたずんでいる。多くのひばりファンは八十歳を超え、小沢も八十半ばと齢《よわい》を重ねた。元気で毎日「美空ひばり歌の里」に行き、終日事務室にいて、民話や児童文学の執筆を続けている。

「戦後最大のスター美空ひばりは、昭和という時代とともに逝ってしまわれた。その昭和ははるか遠くに過ぎ去った。不世出の歌手の功績を伝え、親しくつきあってくださった恩に報いたい一心でこの『美空ひばり歌の里』を続けてきた。やりたいことはやったので悔いはないよ」。玄関を出て美空ひばりの遺影碑の前まで歩きながら、小沢さとしはつぶやくように話した。

令和四（二〇二二）年夏の終わり、周りにはトンボが飛び交い、伊那谷の大自然の懐に抱かれた遺影碑は、夕日を受けて美しく輝いていた。

はまみつを

人生一度の喜びはある

『白樺伝説――この愛の教師たち』

出典・平成元年七月刊　理論社

教師だった母が、嫁入り道具とともに持参し、書棚に収めてあった『絹糸の草履《ぞうり》』（北川千代著）を、浜光雄少年は、赤い表紙に誘われて手に取り読み始めると、その悲しい物語に引きずり込まれ、涙がぽろぽろこぼれてきた。夕飯に呼ばれ、泣き顔のまま父の前に座った。理由を話すと、「男がそんなめめしいことでどうする！」と殴られた。

軍人だった父とは長い葛藤《かっとう》があり、ため込んだ憎悪が融解するには自らの長編「花城家の鬼」の脱稿を待たねばならなかった。

それはそれとして、後年童話作家として確固たる地位を築くはまみつを（一九三三～二〇一一）の原点は、小学四年の『絹糸の草履』体験だったことは確かであろう。

松本中学、新制になっての松本深志高校の六年間、はまの成績は「全くの低空飛行に終始した」という。私も高校時代の三年間、前半は野球、後半は文学にのめり込んで低空飛行に終わったので、はまの気持ちはわかる。

卒業を前にはまは校長に呼ばれて「代用教員にならないか」と持ちかけられ、母の志を継ぐことにもなる、と代用教員の道を選んだ。やがて教員資格を取得する必要に迫られ、信州大学教育学部に二年間学んで現場に戻った。

学級文集を作り、そこに自分の創作童話を載せると、子どもたちの受けが良く「先生、次を読みたい」とせがまれた。同じころ、深志同窓生たちによる文芸誌『ザザ』が始まり、誘われて童話を五、六編書いてみた。その後、信州大学出身の仲間たちと『とうげの旗』という児童文学雑誌を創刊。今度は大勢の読者の目があり、いい加減なものを載せるわけにはいかなかった。しかし、創作に本腰を入れると、学校社会からは「怠けている」「余計なことをして」と言われた。

一方で、同人たちが賞を受け羽ばたくのを見て、嫉妬の狂おしい日々を酒でまぎらわせもした。「文学は全人格の表現ですから、ものにならなければ『だから文学崩れは駄目なんだ』と教育のほうまで否定されてしまう。苦しかった」と振り返る。

教育と両立させるべく睡眠時間を五時間に切り詰め、十年やったものの認められない。四十五歳、見切りをつけるときかと思った矢先、『春よこい』が、児童文学の芥川賞とも称される「第九回赤い鳥文学賞」を受けた。過去の受賞者は椋《むく》鳩十、松谷みよ子、庄野潤三らそうそうたる顔ぶれ。はまはまだ一番若く、しかも地方に住む初めての受賞者だった。

東京での受賞式で、壇上のはまに祝電が読み上げられる。「ひたむきにひっそりと煌《きら》めいていた星が、きょうは燦然《さんぜん》と輝く。その光は知る人ぞ知る素朴な光……浜君、おめでとう。松本深志高校第四回卒業生一同」。祝電としては異例の長文であり、その心のこもった文面に不意を突かれたはまの頬を熱い涙が止めどなく伝わった。

「人生一度の喜びはあるんですよ。必ずある。腐っちゃいけない。それぞれの道でしっかり生きなくちゃいけない」。はまは私に一言一言かみしめるように語った。

はまの苦闘がこれで終止符を打ったわけではなく、むしろ深まり、亡き母への追慕、罪ほろぼしとしての『わが母の肖像』など魂のカタルシスとも言える作品を次々生み出した。「あのとき、なぜあんなことを言ってしまったのか、してしまったのか」の慚愧《ざんき》の念。救われたい、償いたいゆえに書く。真の文学とはそういうものだろう。「今様《いまよう》の突拍子もないファンタジーに、本物の人生や人間の深淵が描けるはずがないですよ。子どもたちには本物に触れさせてあげたい。そこから芽吹くんです」

私は四十年半の記者人生で、数え切れない人に会い、話を聞き、記事にし、それをきっかけに相当数の人と親しくおつきあいさせていただいたが、はまみつをほど印象深い方はいなかった。はまの風貌、はまの仕草、はまの話しぶり、そのどれを取ってもである。

そのはまみつをは平成二十三（二〇一一）年二月二十二日、肺炎で七十七年の生涯を閉じるが、私がはまに初めて会ったのは、塩尻市片丘の古民家の自宅を訪ねた平成十二（二〇〇〇）年だったと記憶する。

当時私は、一人の後輩記者と組んで所属する地方新聞に、「新世紀展望―まつもと100年」という連載を手がけていた。「県歌『信濃の国』作詞者の浅井洌」「非戦を唱えた木下尚江の半生」「松本城この百年の知られざるエピソード」「山本茂実と松本五十連隊」「特攻隊員・上原良司の青春」「清沢洌《きよし》のリベラルな思想」「純愛を貫いた荻原碌山と相馬家の人々」「北杜夫ら旧制松高群像」「上高地～北アルプス今昔物語」「孤高の写真家・田淵行男の境涯」などの物語で、その一編に「信州白樺教育の挫折と事件秘話」を設けた。

連載は完結後、『松本・安曇野　二十一世紀への伝言』と改題してほおずき書籍から一冊にまとまり、書店に並んでそれなりに話題を呼んだ。

はまは児童文学小説『白樺伝説―この愛の教師たち』（理論社）を著しており、私は白樺教育・教師たちを知るために取材を申し込み、自宅に伺ったのである。

信州白樺教育とは、武者小路実篤《さねあつ》、志賀直哉、柳宗悦《むねよし》、有島武郎《たけお》らが明治末期、自然主義文学に対抗して自我を大胆に肯定することで、行き詰まっていた明治の文壇に新風を吹き込んだ同人誌『白樺』を出発点とする。この主張に共鳴した信州の小学校教師たちが教育の場で実践し、大正デモクラシーの自由主義、人道主義と相まって高揚するものの、「気分教育」「危険思想」と見なされ、非難弾圧を受けて彗星のごとく消滅してしまった。

そんな信州白樺教師の一人に中谷勲という青年がいた。中谷は戸倉小を追われた後、倭《やまと》小（現松本市梓川小）でも同僚たちといっそう白樺教育に情熱を傾けるが、休職させられ、二十五歳の若さで病死する。子どもたちを抱きしめるように愛し、労働と芸術に親しんだ彼の日記、文章を友人たちが編集した『中谷勲遺稿』が残された。

はまはこれを読み、中谷をほうふつさせる教師を主人公に小説を書いた。主人公の谷口先生は借金して蓄音器を買い、休日は西洋音楽を聴いたり、農事に勤しんだりする。授業は所定の時間割を廃止、みんなで話し合って決める。子どもたちは嫌いな修身を時間割に組み入れなくていいのだろうかと当惑するが、先生は「勉強は自分たちがしたいと思ってするものでなければ身につきません。勉強することによって幸福を感じるものでなくてはならないのです」と言う。

両手を突っ張って本を持つ「教育勅語《ちょくご》」の奉読をはじめ、天皇への忠誠を説いて臣民意識を培う内容の修身ではなく、他人へやさしさを養い、人と人、国と国が争わない平和な社会を築くことこそが修身なのだ、と説く。

谷口先生はその後、村の青年たちに「天皇陛下よりヤソ（キリスト）のほうがえれえなどと、それでもてめえは日本人か！」と教室に踏み込まれ、罵詈讒謗《ばりざんぼう》に傷ついて、子どもたちの前でぽろぽろ涙をこぼし、卒業式を待たずに学校を去る。小説は卒業式前日に先生から届いた手紙で締めくくられる。「私たちの考えの正しさが、多くの人たちにわかってもらえるには、あと十年かかります。それまで、今に見ていろ、という気で、おたがい成長したいものです。その時はくる、きっときます。（中略）また逢う日まで、みんな元気でいてください」

仕舞いには泣けてしまった話

はま自身が若いころ白樺派的な教師だった。というより、昭和三十年代のあの時代、多くの教師が子どもたちを野山に連れ出し、自由な情操教育をおこなっていた。はまが子どもたちと学校に戻ると、校長は「おお、また遊んで来たか。川へ行ったなら魚くらい捕って来いよ。今夜の酒のさかなになるじゃないか」などと大らかだった。校長は担任を信頼して任せ、担任は子どもたちに信頼されていた。だからこそ自由な教育ができた。

はまは思う。「長く教師をやればいいというものではない。教師が見せる一瞬の輝き、語る一つの言葉によって、子どもたちの魂に届く教育はできる。白樺教師がそれを証明している」と。

私がはま宅を訪れると「かあちゃん、赤羽さん来たよ」と、はまはうれしそうに奥に声をかけた。座敷に通されて話し始めるともう止まらず、昼の時間になって、夫人の心づくしの昼食が出され、おいしくいただきながら、さらに話は教育論、文学論、人生論、社会時評に及んで尽きないのであった。

談議はともすると雑談、放談、漫談の域に達し、私は面白さにのけぞり、笑い転げ、仕舞には泣けてしまったことも。先輩の童話作家・宮口しづえを語ったはまの話は最高傑作だった。私ははまの口調そのまま新聞に載せた。それは平成十七（二〇〇五）年十二月十一日付、文化面のこういう記事である。

書くってことは最もつらいこと、苦痛でしょう。しかし、書き上げたあとの喜びの大きさは何ものにも代えがたい。愉楽ですよ。だから、それを味わいたいために書いているとも言える。

教育、文学、人生について、はまみつをは熱く語って尽きることがなかった（2010年、塩尻市片丘の自宅）

学校に行って子どもたちに会えるのは楽しかった。家に帰るのは苦しかった。日曜日なんか明日は学校だで今日は頑張るか、と思って書いてたなあ。おれは木曽に没した宮口しづえと闘ってきた。同じ童話仲間なんていう甘ったれたもんじゃない。

真っ昼間から学校に電話がかかってきて、「すぐ来い」と言う。すぐ来いったって、こっちは仕事がある。何とか片づけて放課後駆けつけると、飲めや歌えの大っ騒ぎ。精神的にも肉体的にもほとんど裸になって。

おらあ驚かされた。ここまで自分をさらけ出せる人間がいるのかと。揚げ句に「おまえなんか、書くのをやめちまえ」とののしられ、まだ（童話作家として）認められていなかったおれは「このくそばばあ、いまに見てろ！」と思ったね。おれを悔しがらせて、しゃくにさわらせて、それでもって励ましてくれていたのかもしれないが。

童話作家ってのはすげえなあ、と心底思った。「はま、なんてものは」と周りから言われたのは、どっかで宮口に染み込まされてしまったんであって、それで（教員の）出世街道からはじき飛ばされちゃった（笑）。

もの書きは、心が開放されてないと書けないんですよ。宮口は木曽に帰ると母であり、しゅうとに仕えて苦しみ疲れていた。それでおれと会ったり、おれの家に来ると、童話作家に戻れたんでしょう。

「堕《お》ちにゃあ、堕ちなんで何が書けるよ」と、よく言ってたなあ。そうやって自分を追い込み、作品を生み出していた。宮口ほど哀しみを抱えた人もいなかった。「哀しみの極みに耐えて生きるだぞ。ばばもそうだでな」と。

はまの書くものは暗いとか言われたが、哀しみの中にこそ人間の神髄があるんじゃないのか。哀しい心を抱いているから、弱い立場の子どもとも心を通わせることができる。子どもたちと心が一体になれる。

この齢になると、もう贋物とはつきあいたくない。本物とだけつきあいたい。念願の『信州の民話伝説集大成』（全四巻）の仕事を打ち上げられたんで、余力があったら宮口しづえを書きたいなあ。

はまと出会って二年ほどして、私は新聞の外部執筆陣（リレーコラムニスト）に加わっていただくべく、自宅を訪れた。その旨を話すと、はまは「そういうことでしたら謹んでお引き受けします。お引き受けしますが、赤羽さんが読んで、はまの文章は駄目だと思ったらボツにしてください。そして、いつ首を切っていただいても構いません」とおっしゃったのだ。頼んだ早々、このようなことを口にされた方はいない。はまは一編一編全身全霊で書きます、と宣言されたのであり、裏を返すと、童話作家として長く生きてきた誇りと自信の表れなのであった。

紙上に毎月一回、「甘柿渋柿」と題して珠玉のコラムを書いてくださった。はまの行動範囲は決して広くなく、身の周りや隣近所に限られていたが、その世界は無限の広がりを持ち、読みやすく、温かく、大勢の読者に支持された。

文中でさりげなく私を励ましてくれたこともあった。当時私は、新聞の毎日のコラム「みすず野」の担当を命じられたばかりで、書き続けられるか不安でどうしようもなかった。はまは朝の習慣の一つに「みすず野」を切り抜くことが加わった、「みすず野」は面白いうえ役に立つと、エールを送ってくださったのだ。

亡くなる前の年の夏、私の新聞社は、はまみつをの足跡をたどり、信州児童文学界を見つめる企画展「はまみつを童話の世界展」を、松本市郊外の朝日美術館で、同美術館と共催して二カ月間開催した。その一年くらい前、私が朝日美術館に立ち寄った際、友人の美術史家で美術館顧問役の千田敬一さんに「赤羽さん、はま先生はご自分の原稿を大切に取ってある方ですか」と聞かれ、「そういう方です。ほかにも貴重な資料をいっぱいお持ちです」と答えると、この美術館で大々的に個展を開きたいと言われ、その場ではまに電話し、企画はとんとん拍子に進んで実現した。

企画展に訪れたはまは「信州児童文学という山脈の裾野につながっている自分をしみじみ

感じる」とうれしそうだった。期間中に開かれた講演会「宮沢賢治デクノボー精神」は、会場に入りきれないほどの聴衆が詰めかけ、はまの生涯最後の講演となった。

晩秋、はまから私の元に手紙が届き、実はいま入院していて、肺にたまる大量の水を抜いているという。年末に長男の秋彦さんから電話が入り、「大変申しわけありませんが、父はもうコラムの執筆ができません」と伝えられ、ショックを受けた。年が明け、今度は病院に詰めている長女のこのみさんから「父がコラムを書きました。これからお届けしますので、掲載していただけますか」と電話があり、夜遅くこのみさんが社に飛び込んできた。

欄外に〈シメ切り〉と書かれたその原稿を手にした瞬間の衝撃を忘れることはできない。「ああ、これははま先生の絶筆だ」と確信した。奮える手で必死にペンを握って、一文字一文字したためてあり、終わりのほうはこのみさんの代筆だった。彼女の目からいまにも涙がこぼれそうで、私はまともに言葉をかけられなかった。

〈シメ切り〉の一語に、私どもとの約束の締め切りは何が何でも守りますという決意と、七十七年のわが人生の締め切りであるとの覚悟を込めているというのに、文章の中身はみじんもそんなものは感じさせず、ただただ高子夫人への感謝の気持ちにあふれていた。はま先生らしい、はまみつをは本物のもの書きだった、最後の文士と言える人だった、と私は感服した。

夜、独り歩いていると、北斗七星が美しく輝いている日がある。その星の一つがはまみつをのような気がしてならない。「人生一度の喜びはあるんですよ。必ずある。腐っちゃいけない。それぞれの場でしっかり生きなくちゃいけない」。北の天空からはまの抑揚に富んだ声が聞こえる。

私ははまみつをと直接何か約束を交わしたわけではないし、はまの晩年の十年親しくさせていただいたに過ぎないが、あなたもものを書いて生きてきた人間なら、最後までペンを離しちゃいけない、と言われたように思っている。

新田　次郎

ふるさとの高き美しき山で

『聖職の碑』

出典・昭和六十一年十二月刊　講談社文庫

私が「聖職の碑《いしぶみ》」の名を初めて耳にしたのは、高校時代だった。映画「聖職の碑」の撮影が、伊那谷・箕輪町に残る福与城跡で行われ、鶴田浩二や三浦友和といった有名俳優が来た、と同級生の一人が口にし、箕輪町は私の隣町でもあったので耳をそばだてた。だがそれだけの話で、その二年後に公開されたときの「聖職の碑」を見ていないし、「聖職の碑」とはそもそも何を指すのか、どんな物語なのか、関心は抱かなかった。

再び「聖職の碑」の言葉を聞くのは、地方紙の記者になって三年、高校時代通った伊那市にある支局に配属され、伊那中央公民館に大方息抜きで顔を出していたとき、星野幸久という館長が元箕輪中学校の校長で、何かの拍子に「聖職の碑」の話をされた。そうだったのか、現在の諏訪市出身の作家・新田次郎（一九一二〜一九八〇）が長編小説『聖職の碑』を著し、それを原作とする映画があのとき作られていたのか。大正時代、中箕輪尋常高等小（現箕輪中）の中央アルプス西（木曽）駒ヶ岳（標高二、九五六メートル）の学校登山中に実際に起きた遭難事故のことなのか、とやっと知り得たというわけである。

遭難は大正二（一九一三）年八月二十六日に起き、赤羽長重《ながしげ》校長、二年生の生徒九人、付き添いの青年一人の計十一人が死亡する大惨劇だった。登山に行ったのは希望した男子生徒二十五人、赤羽を含む引率教師三人、青年会員九人の計三十七人。

生徒で生還できた十六人のうち、当時幾人かは存命で、その人たちから体験を聴く会が、星野館長の呼びかけによって開かれ、取材した記憶もある。しばらくして私はその新聞社を辞め、松本に本社のある新聞社に移った。それで伊那との縁は薄れてしまい、懇意にさせていただいた星野さんとも松本で確か一度お会いしただけにとどまった。

星野さんは「聖職の碑」の顕彰活動を続けられ、平成十六（二〇〇四）年五月には、駒ヶ岳への尾根伝いに建てられている「遭難記念碑」の脇に副碑の設置を実現させた。これは「遭難記念碑」が長い歳月を経て風化し、文字が読みにくくなったため、星野さんが遭難の悲劇を後世に伝えようと結成した「偲岳会」が、碑文を新たに彫って副碑としたもの。私はそれを報じる記事を読んで、ああ、星野さんは強い思いを持ってやって来られていたのだ、とあらためて気づかされたことを覚えている。

私が『聖職の碑』を読み直してみようと思い立ったのはテレビで数年前、映画「聖職の碑」が放映されたのと、「映画を旅する」と題して、地元の同人文芸誌『ふきはら』に、自分の見た邦画の中から好きな十本ほどを選んで連載しようと、その中の一本「八甲田山」を書くにあたり、新田次郎の原作『八甲田山死の彷徨《ほうこう》』を読み返したことによる。さすが新田次郎は「山岳小説の草分け」と称されるだけのことはあると感服して、同じ山岳遭難をテーマにした『聖職の碑』にも手が伸びたのだ。

森谷司郎監督による映画「八甲田山」は、昭和五十二（一九七七）年当時、年間配給収入二十五億円という新記録を樹立するほど話題を呼んだ超大作で、「聖職の碑」は同じ森谷監督で翌年公開された。原作、監督、撮影、俳優陣……「八甲田山」に続く大作にまちがいなく、伊那谷に住んで少年時代から中央アルプスを眺めてきた私にとって、小説、映画とも誇れることなのだ。そして、忘れ去ってはならない大遭難でもある、といまさらながら思ったのである。

読み直して感心させられたのは、六十三歳の新田が昭和五十年八月、西駒ヶ岳の遭難現場まで自らの足で登り、山々や小屋の位置関係はもちろん、ある直感を得、麓に下りてからは何日もかけて、生存者、遺族、関係者を取材し、資料を探し当てて読み込み、大正初期の教育状況や人々の暮らしぶりに考えをめぐらせ、さらに伊那谷の歴史・風土を知るべく、あちこち歩き回っていることだ。

遭難自体は取材で得られた証言や資料に基づいてきちんと再現しつつ、死者、生存者それぞれの心情については想像で肉づけし、あくまで小説として、読み物として創り上げている。講談社文庫のその作品には、本編（第一章　遠い山、第二章　死の山、第三章　その後の山）のあとに、「取材記・筆を執るまで」が付記されている。これが実に六十三ページに及び、本編と並んで面白い。貴重な証言も含まれ、これはこれで刊行してもいいくらいである。

遭難が起きた直接の原因は、飯田測候所や気象庁の記録から、突然太平洋上で発達してその日、日本列島に近いところを通過、東京湾を斜めに突っ切った台風（当時はこの呼び名はなかった）によるもので、そのころの技術では予報不可能だったこと。赤羽校長は、前日も当日朝も飯田測候所に電話を入れて天候を確かめており、暴風雨予報が出ていれば登るはずがなかった。出発時の天気については「曇っていた」「ぽつりと一粒二粒降った」の証言を、新田自身得ている。

濃霧と風雨に遭いながら、彼らは山頂途中の伊那小屋に夕方たどり着くが、その小屋は高さ一メートルくらいの石垣と角材の骨組みだけ残して屋根がなく、敷地内には水たまりができて、誰かが野営した跡が残されていた。赤羽や大人たちは慌ててハイマツの枝で小屋掛けするものの、暴風雨となり、雨漏りが始まって火を焚くどころではなく、みんなの体は濡れたまま冷え切ってしまう。本来なら暖を取ってぐっすり寝られるはずの小屋が破壊されていた。これが二つめの遭難原因である。

三つめは、明け方に一人の生徒（古屋時松）の凍死が確認され、全員が死の不安と恐怖に襲われて、小屋でじっと耐えているのがいたたまれなくなり、一人の青年が暴風雨の中、外に飛び出したのをきっかけに、ほかの青年、生徒たちもそれに追随してしまったこと。新田はこう描いている。

なにかが起こるだろうという予想は誰でもしていたが、死がことをなげに訪れたのを見てすべての者は動顚《どうてん》した。自信が持てなくなったと同時に、赤羽を頂点とする団結に信頼できなくなった。なんとかして、この場を逃げ出さないと、時松と同じ目に会うことは間違いないことのように思われた。

「おれは山を降りるぞ、こんなところにいたら、みんな死んでしまう」

青年の一人が立上がって叫ぶと同時に、いっせいに青年が立上がり、そして少年たちが立上がった。(中略)

だがその青年は止めようとする赤羽を突き飛ばし、入口にいた少年たちを押しのけて外へ飛び出した。(中略)

外に出た青年たちは、小屋の屋根がわりにしてあった着茣蓙《きござ》を取りにかかった。屋根がこわされ、水がどっと洩《も》れた。それを見て青年や少年たちが一せいに外に飛び出した。

(中略)

「まるで狂気の沙汰だ」

征矢が云ったが、その声は風にさらわれた。赤羽は古屋時松の遺体のそばにしゃがみこんでいた。赤羽は、少年たちが青年たちの後を追って行ったのを、当然のことだと思った。時松が死んだとき、自分は指導者ではなくなり、同時に生きては帰れぬ身になったのだと思った。

遭難を引き起こした原因はほかにも挙げられるが、大きくはこの三つと言っていい。新田は小説に仕立て上げるため、あと三つの物語を加えている。そこが一流作家たるゆえんで、直感を得て、おそらくこうであったろうと創造力を働かせ、奥行きのある小説にしている。

一つは、当時若い教師たちの間で盛り上がった「信州白樺教育」に対し、赤羽校長が一定の理解を示しながら、根底では危機感を覚え、実践における教育こそが肝要であるとして、修学旅行をその一環ととらえ、昨年、一昨年同様に駒ヶ岳登山の実施に踏み切る点である。

信州白樺教育は、武者小路実篤《さねあつ》、志賀直哉、有島武郎《たけお》らが自我を大胆に肯定することで、行き詰まっていた明治の文壇に新風を吹き込んだ同人誌『白樺』を土台とする。信州の小学校教員で、その精神や行動に賛同する者が教育に盛り込んでいった。文部省（当時）の指導方針には従わず、子どもたちの個性を尊重し、芸術に重きを置き、愛と理想を唱えた。大正デモクラシーの自由主義、人道主義と相まって高揚するものの、やがて「気分教育」「危険思想」と見なされ、非難弾圧を受けて、大正末期には消滅してしまう。

小説『聖職の碑』では、箕輪尋常高等小の教員間に、その白樺による自由教育、理想教育が流れ込んでいるのに気づいた赤羽校長が、『白樺』を全編読んで感動し、しかし言い知れぬ不安にかられて先達を訪ねる場面がある。「放って置いていいのでしょうか。好き勝手な教育をやらせて置いていいのでしょうか」と聞く赤羽に、先達はこう助言する。「校長にとって一番大事なことは、自分の見識をはっきりさせることだ。（中略）なにか一つ、これというしっかりしたものを持っていないと人は従《つ》いて来ない。そこが肝心だ。よく目を見開いて、教育の流れを見きわめながらも、きみ自身の信念だけは立て通さねばならない。教育というものは、白とか黒とか赤とか、はっきり色分けができるものではない。戦争が終って平和主義、自由主義思想が入って来るに従って、教育そのものも、少しずつ変って行くのは当然である」

後日、赤羽が登山を実施するかを決める職員会議で、「登山にはいくらかの困難はつきものだ。それがなければ鍛錬の意味がない」と言うと、有賀喜一という教師から「その言葉は既に信州教育界から消え去ったものではないでしょうか。その軍国主義的鍛錬を、いたいけな子供たちに強いるのは暴挙というものです」と反論を食らう。

激しい言葉が出かかった赤羽だったが、一呼吸おいて、日本は「大正と年代が変ると共に吹き出した自由思想に大きく揺れ動かされて、教育会もそうだが、思想的にどう揺れ動こうが、体験が人間を作る基礎になるという考え方には変りがない。修学旅行という実践教育の精神から離れたくはない。苦しいことを避けようとする風潮には同調できない」と述べ、校長として駒ケ岳登山を実行すると宣言する。

創造力が書かせた二つめは、大地主の跡取り息子の樋口裕一という若い教師が、水野春子という小作の娘と愛し合い、娘はすでに身ごもっていて、樋口から深刻な相談を受けた赤羽が、家族親族の説得に当たる話である。いまは当人同士の意思が最も尊重され、家柄など結婚の支障にはならないと言っていいが、当時は家と家の結婚の意識が強く、地主、小作の間には厳然たる格差があった。

赤羽は、娘を養女として自分の戸籍に入れて嫁がせる方法を考えるが、結局樋口家の親族会議で結婚は認められず、樋口が登山で生徒を引率している間に春子をどこかにやってしまうことが予想されて、赤羽は樋口を登山に連れて行かず、二人をとりあえず近くの寺に隠させる措置を取る。下山後、結婚できるよう骨を折るつもりだった。

だが、頼みの赤羽は遭難死し、赤羽の自宅に駆けつけた樋口は、赤羽の妻から「負けてはいけませんよ、強く生きねばなりません」と逆に励まされたにもかかわらず、前途を悲観し、天竜川の水をせき止めて造った淵に春子と身を投げ、心中してしまう。仮に樋口が登山に同行していたら、ほかの二人の引率教師同様、赤羽の手足となって動いてくれ、もう少し何とかなっていたのでは、と赤羽が思う場面がある。

「遭難」を記念するとはどういうことか

三つめは、新田が巨石の「遭難記念碑」に現地で対しているうち、「地の底から衝《っ》き上げて来るような感動を覚えた」ことに端を発することである。「私は碑文の最後に刻みこまれた、上伊那郡教育会の七文字に打たれたのである。この七文字はふてぶてしく太く深く刻みこまれて」おり、遠くから見ると「遭難記念碑　上伊那郡教育会」と読めるように設計されていた。「殉難碑でも、遭難者供養塔でも、遭難慰霊碑でもなく、遭難そのものを記念する碑であることを強調したその常識破りの碑」は、すべての責任は上伊那郡教育会が負うと「ふんぞり返って云い放った」ようにも見えた。

新田はこれを発案した人は誰だろう。誰かが中心となって上伊那郡教育会を動かし、この碑を建てさせたにちがいないと思い、取材登山の案内をしてくれている現職の先生に聞いてみたが、わからなかった。このことをずっと思い続け、それは中箕輪尋常小の教師であって、情熱的な一本気の人、ある程度の地位の人だろうと。遭難の後始末と校長代理を同時にしなければならなかった、主席訓導の清水茂樹にその余裕はなかったはずで、それなら次の有賀喜一か、しかし彼は登山そのものに反対を鮮明にしていた。……

そんな九月半ば、新田に諏訪中（現諏訪清陵高）時代の同級生の有賀剛から電話が掛かってくる。彼は辰野町平出の出身である。「君は駒ケ岳遭難登山を調べているそうだな。実は自分の父喜一は、山でこそ死ななかったが、事故処理のため苦労して、山で死んだのと同じような結果になった。父は遭難碑が建てられた大正三年八月に死んだ」と言うではないか。新田は息を飲んだ。その夜、彼と久しぶりに会うと、父が死んだのは数えの二歳のときなので、父のことはすべて母から聞いたとし、建碑の陰の人かははっきりしなかったが、「遭難事件の後始末のために（父は）生命を落とした」と、母はしばしば語っていたという。新田は「喜一氏は最後の情熱を建碑にかたむけ尽くしたのではなかろうか。そう思い込むと、私の頭の中に、小説の主人公としての有賀喜一の姿がはっきり浮び上って来た」と記し、まとめ方が見えて執筆に取りかかる。昭和五十（一九七五）年秋のことで、翌年三月、書き下ろしの『聖職の碑』は成る。

その力作の中で、有賀喜一はどう描かれたのか。彼は学校を代表して赤羽校長の仮葬儀に参列し、黒枠の赤羽の写真を見て涙をあふれさす。赤羽が登山を鍛錬だと言った際、自分は暴挙だと反論したことを思い出し「いまはそう思っていません」と語りかける。彼は登山に同行した同僚の征矢と清水から、遭難に至るまでの経緯、赤羽の取った指導行動ぶり、自分の着ている冬シャツを脱いで衰弱した生徒の冬シャツの上に重ねて着せ、さらに毛布をかけてやり、その生徒を抱えて歩いて倒れたことなどを詳しく聞かされていた。

有賀は「体験こそ人間を造るのだ。修学旅行という実践教育を、登山に求めようとするのはきわめて自然なことだ」という赤羽の言葉を思い出し、校長はその実践教育を身をもって示し、職に殉じた、自分が日ごろ口にしている理想主義教育も表現が違うだけで、子どもたちへの愛において同じではないか、真の教育は机上のものではない、と痛感していた。

職員会議でもそのことを話した。戸惑いを隠せない同僚もいたが、赤羽校長の精神を伝え、二度とこの悲劇は繰り返さないとの決意を込める「遭難記念碑」の名で、一学校ではなく、上伊那郡教育会として建てるべく運動してみたい、と述べる。このときすでに有賀は疲れ切り、体は病魔に冒《おか》されていた。

彼はそれを夏風邪だと自分にも周りにも言い聞かせ、郡下の校長宅を歩いて賛同を願い、長野に県視学、学務課長を訪ねて理解を求めるなど動き、ついには高熱に倒れる。医師の診断は咽喉《いんこう》結核で、のどに出た場合は治療が難しいとのことだった。

有賀の渾身《こんしん》の行動は実を結び、遭難記念碑が建つ運びとなり、基金が寄せられ、大正三年七月には上伊那郡教育会主催の除幕式が行われた。式に参加していた清水茂樹は、有賀重篤の知らせを受けて急きょ下山し、有賀宅に駆けつける。

「有賀君、喜んでくれ、君のおかげで、立派な遭難記念碑ができたよ」

清水は有賀の枕元で声を高めて云った。有賀の唇が動いた。

「そうか、よかったなあ。遭難碑はもともと樋口裕一君が云い出したものなんだ。樋口君が生きていたら、きっと喜ぶだろう」

有賀はそう云ったが、清水には、樋口という一言しか聞き取れなかった。（中略）

「そうだ。樋口裕一君の墓に行って、このことを報告してやろう」

清水の言葉に、有賀は満足そうな笑いを浮かべた。

有賀喜一が三十三歳の若さで死んだのはその翌日だった。


遭難記念碑が建った後、上伊那郡下の西駒ヶ岳登山は盛んに行われるようになり、赤羽校長の初志は貫徹されたのだが、地元中箕輪村には碑の文章に反感を持つ者もいた。

碑文は「大正二年八月二十六日、中箕輪尋常高等小学校長赤羽長重君は修学旅行のため児童を引率して登山し、翌二十七日暴風雨に遭って終《つい》に死す」であり、次に「共殪者《きょうえいしゃ》」として十人の名前があって、「大正二年十月一日　上伊那郡教育会」と刻まれていた。「これでは遭難責任者の赤羽長重を称える碑ではないか。死んだ子どもたちは単に共殪者（共に死んだ者の意）として扱われているに過ぎず、全く浮かばれない」と。遺族、村民と学校との間に生じた不信感はなかなか取り除けなかった、と新田はつづっている。

小説は最後、髙橋慎一郎という校長が遭難から十年後に就任し、その二年後の夏、村民の反対を押し切って自ら引率して駒ヶ岳登山をおこなった事実を記し、「実践主義教育者赤羽長重の修学旅行登山の思想は、信濃教育の中心地上伊那において、執拗に追及され、六十年後の今日においてその成果を見たのである。遭難記念碑は風雪に耐えて、いささかも動ずることなく、夏になると必ず登って来る中学生たちが捧げる花束に飾られている」と締めくくられる。

私もまた、辰野中学二年だった昭和四十七（一九七二）年七月、学校登山で西駒ヶ岳に登り、苦しくも楽しい思い出として半世紀以

上伊那地方は、生徒が二年時に西駒ヶ岳への学校登山をいまも続けている中学校が多い（1972年７月の辰野中学校２年６組の登頂記念写真）

上たったいまも覚えている。

山というと、大学時代に北アルプス穂高連峰、剣岳、南アルプス北岳などに登り、新聞記者になってからは皇太子（現天皇）の登山の取材随行で南アルプス仙丈ヶ岳、北アルプス常念岳などに登った。四十歳のとき始めた新聞連載「北ア山麓幻想行」（四年八カ月、全二百四十回）では、後輩カメラマンと共に北アルプスのいくつかの頂に立った。

中でも、江戸時代に槍ヶ岳の初登頂を果たした播隆上人《しょうにん》の道を、できる限り忠実にたどって槍ヶ岳に登ったシリーズ「播隆上人苦難の道のり」（五回）は忘れられない。これもまた、新田次郎の小説『槍ヶ岳開山』（文春文庫）を読んで刺激され、この修行僧の志と偉業を少しでも知ることができれば、との思いからだった。

さらに忘れ難いのは「西穂高岳独標《どっぴょう》への道」。これは昭和四十二（一九六七）年八月一日午後、松本深志高校二年生の集団登山の一行四十六人（うち教師五人）が、北アルプス西穂高岳登頂の帰り、独標と呼ばれる岩稜を登攀中、落雷に遭い、十一人の生徒が死亡、十三人が重軽傷を負うという大惨事があり、三十五年後に記者の私が、生還した生徒たち（五十二歳になっていた）や遺族を訪ね歩き、山というもの、人生というものを考えた十回のシリーズである。

新田次郎が『聖職の碑』の取材で、生還者から貴重な証言を引き出したように、私も教師や会社員、団体職員として活躍する生還者から生々しい話を聴いたり、亡くなった十一人の生徒の遺族（父母は七十、八十代になっていた）の思いに耳を傾けたりした。

みな癒やされない悲しみ、苦しみを抱えていて胸が痛んだが、遺族の積年の無念さを和らげたのが、三十五年たって、当時現職の藤本光世校長が独標追悼登山後に遺族全員の家をお見舞いに回ったことだった。「事故当時、引率された先生も校長も来てくれなかったから、学校を恨みました。でも藤本校長が来られて本当にうれしく、息子に『よかったね』と話しました」と遺族は涙をぬぐった。

私は独標のむき出しの岩壁を前にした瞬間、三十五年前、ここで一瞬にして命を落とした十一人の霊に「あなたは記者でしょう。書いてください」と語りかけられたのを感じて、下山後、遺族の家を捜して歩いた。暑い夏だった。あれからもう二十年がたった。泉下の人となられたお父さん、お母さんも多いだろう。私がいまでも大切にしている一人のお母さんからの手紙がある。

――七月初めころ、一匹のホタルが座敷の中に入って来て、水気のない所なのにと思って、つかまえようとすると、壁に沿ってすうっと落ちてしまいました。その一カ月後、今度は不意に記者さんが来られ、思いを聞いてくださり、連載が始まり、風化してしまっていた出来事を掘り起こしてくださった。感謝申し上げます。ホタルは死んだ息子が心配して帰って来てくれたのではないかと思っています。

連載「北ア山麓行」は、地元の郷土出版社（当時）からカラー写真満載の本にまとまり、松本地方の書店に並んだ。北アルプス山麓の歴史や風土、北アルプスの山々の今昔物語を長々つづっただけではない、記者としての大事な仕事があのときできた、と少々誇らしい。

話が逸《そ》れてしまったが、新田次郎の『聖職の碑』を再読したことで、自分も汗にまみれて山に登り、見て聞いて書いた時代があったと思い出した。もう二度と高い山には登らないし、登れないだろう。私にとって山は、どこまでも懐かしく、ちょっと切ない。

最後に『聖職の碑』の題名について、新田次郎は取材した一人の長老から、「そのころ聖職という言葉が教師の間によく使われたものです。教師は単なるサラリーマンではなくして、こどもたちを愛し、導くために身を犠牲にするのも惜しくないという思想でした」と聞かされ、この題名を思いついたと「取材記・筆を執るまで」の中で述べている。いまの人たちにはどう受け止められるのだろう。

あとがき

　若いころから壮年時代にかけて、私が読み耽ったり、ほとんど全作品に親しんだりした作家の中から十二人を選び出し、その作品を読み直して、信州伊那谷の同人文芸誌『ふきはら』に「書物再読の旅」と題する連載をしてきた。作品を読み直したと言っても、むろんすべてではなく、ごく一部の自分の好きな作品であって、必ずしもその作家の代表作ではない。

『ふきはら』には、高校の大先輩で児童文学作家・小沢さとしさん（上伊那郡箕輪町）に誘っていただき、五十代で会員になったものの、当時は仕事に追われ、毎日書いている新聞のコラムの中から、適当に十数編コピーし、それを『ふきはら』各号の締め切り間際に送って載せてもらうのがせいぜいだった。六十歳の定年に至って、引き続き勤めながらも少し余裕ができたことから、思いついて「書物再読の旅」を始め、五年かけて何とか十二人書き上げた。本書はこれに加筆し、「本を旅する」と改題して一冊にまとめたものである。

　当初は作品を読み返し、その舞台を旅してつづる〝文学紀行〟にするつもりだった。太宰治の津軽、松本清張の北九州小倉に足を延ばしたまではよかったが、まさかのコロナ禍が起き、気ままな旅すらできない状況に陥った。だが、連載の締め切りは待ったなしに来る。それで三人目の三島由紀夫からは、文学紀行というより文学論的なものにせざるを得なかった。そんななか藤沢周平、宮沢賢治はかつて東北ゆかりの地を歩いているので、それを思い出して文章に盛り込んだ。

水上勉の『良寛』は、『ふきはら』に掲載したあと、コロナが一時収まった令和三（二〇二一）年の師走、良寛のふるさと越後に出かけ、国上山《くがみやま》中腹にある五合庵にも上って、遅ればせながら良寛と〝対話〟することができた。

このとき私は六十三歳。秋口に現役を退き、完全な自由人になっていて、当時の「旅の手帳」にこう記している。「自分は文学の旅をするにはもってこいの境遇である。風来坊と言えば風来坊。コロナやおカネの限界はあるけれど、いつどこへ何日行っていても、誰にも文句は言われないし、予定どおり家に帰って翌朝からやらなければならない仕事もない。つまり私は、これまでで良寛に最も近い立ち位置にいる。一番良寛の声に耳を傾けられるところに来ている。自分はここまで生きてきたが、これでよかったのか。この問いは良寛の声に重なる」

良寛が独り長く暮らした五合庵に佇み、良寛が生まれた出雲崎の冬の日本海の荒波を眺め、その海鳴りを聞きながら、私は良寛の声を確かめられた気がしたのであった。

晴れた日、畑を耕し、手を休めてふるさとの山に目をやり、遠く南アルプス仙丈ヶ岳や塩見岳、中央アルプス西駒ヶ岳などが見えると、あの山々の頂《いただき》に立った若いころもあった、と懐かしい。

雨の日、古民家（生家）の座敷でものを書いていると、かつて大家族でにぎやかに暮らしていた時代がよみがえり、ああ、みんないなくなってしまった、と寂しい。半世紀の歳月は暮らしぶりをすっかり変えた。

文学の魅力も随分衰えたと思う。私は時折、お気に入りの喫茶店で本とコーヒーの時間を過ごすが、その二時間ほどの間、多くの人が出入りするなか、本を読む人は皆無に等しく、ほとんどの人がスマホをいじっていて、家族やカップルで来てもあまり話す様子はなく、それぞれがスマホ画面に向かっている。実に不思議な光景なのだが、いまや当たり前になっている。

本にすがり、文学の世界に自分を見いだそうとしていた青春時代があった。社会変革を目指した学生運動が敗北に終わった後、政治や社会に無関心な「しらけ世代」が出現し、私もその一人として、どうにでもなれと、小説を読み耽って自堕落に、無軌道に過ごした日々があった。それらは遠くに押し流され、現代の「スマホ世代」にわかってもらおうとしても所詮無理だろう。

したがって当時の本を再読し、現地を訪ね、自分を問い直してみるなどということにどれほどの意味があったのか、はなはだ心許《もと》ない。しかし、あえて言わせていただくと、文学の力をいまの私は信じている。文学にはその無力感、虚無感を超えて、人としての心を養い、潤わせ、豊かにする力が依然としてあると思う。生きてゆくなかで深く傷ついたり、罪の意識に苛《さいな》まれて償《つぐな》えるものなら償いたいと思ったり、挫折してもう立ち上がれないと絶望したりすることはあるだろう。そんなとき、文学は何らかの力になり、その後を生きる光をもたらしてくれるように思うのだ。

私は現役を終え、完全にふるさとに帰って、一介の自称文学老人、農人として毎日思いのままに古民家暮らしをしている。実に静かな、慎ましやかな暮らしだけれど、心は充たされていて、自分は生来こういう人間であって、長くこれを求めてきたのだと、あらためて気づかされている。

鬼灯《ほおずき》書籍の木戸ひろし社長には、現役時代からお世話になり、当時新聞紙面に連載した『環境——美しき地球と郷土を子孫に』『松本・安曇野　二十一世紀への伝言』の二冊を刊行していただき、幸い松本地方の書店などで好評を得ることができた。今回の『本を旅する』でまたご縁を得られた。『本を旅する』は、共著を含めると私にとって十冊目の区切りの本となった。まとめるに当たっては、長野から拙宅に幾度も足を運んでいただいて、大変お世話になった。衷心より感謝申し上げます。

二〇二三年秋、伊那谷の寓居にて

赤羽康男

著者略歴

赤羽 康男

1958年、長野県辰野町生まれ。農人、エッセイスト。南信日日新聞（現長野日報）記者を経て、市民タイムス（本社・松本市）の報道部次長、生活文化部長、論説委員長、特別編集委員を務め、毎日のコラム「みすず野」は退職まで12年間執筆した。主な著書に、自然・民俗紀行『北アルプス山麓をゆく』、近代史紀行『臼井吉見の「安曇野」を歩く』（全3巻）、評伝『熊井啓への旅』など。共著に、人物誌『信州まつもとの戦後50年』、人物と歴史秘話『松本・安曇野二十一世紀への伝言』など。

本を旅する

2023年11月20日　発行

著　者　赤羽康男
装丁デザイン　宮下明日香
発行者　木戸ひろし
発行元　ほおずき書籍株式会社
〒381-0012　長野県長野市柳原2133-5
☎026-244-0235
www.hoozuki.co.jp
発売元　株式会社星雲社（共同出版社・流通責任出版社）
〒112-0005　東京都文京区水道1-3-30
☎03-3868-3275

ISBN978-4-434-33097-1